狂雪

BLOOD SNOW

王久辛 著

中国青年出版社

这是声讨南京大屠杀的一座诗的檄文碑铭

狂

南
被
日
寇
屠
杀
的
三
十
二
万

南
京
军
民
招
魂

王
□
□

王
□
□

作者简介

　　首届鲁迅文学奖诗歌奖获得者，中国诗歌学会副会长、中国作家协会诗歌专业委员会委员。先后出版诗集《狂雪》《狂雪2集》《致大海》《香魂金灿灿》《初恋杜鹃》《对天地之心的耳语》《灵魂颗粒》《大地夯歌》《蹈海索马里》《我确信，我进入了月光》，散文集《绝世之鼎》《冷冷的鼻息》《刻骨双红豆》《永远的大金梨》，随笔集《他们的光》《从小看大》，文论集《情致·格调与韵味》等。2008年在波兰出版波兰文版诗集《自由的诗》、2015年在阿尔及利亚出版阿拉伯文版诗集《狂雪》。曾任《西北军事文学》副主编、《中国武警》主编、大型中英双语《文化》杂志执行主编，大校军衔，编审（专业技术4级，正高职称，享受国务院政府特殊津贴专家）。

写在前面

　　王久辛是当代著名诗人，长诗《狂雪》是他的代表作。33年前，王久辛在创作《狂雪》时，一定没有想到，这部 500 余行的诗作，会荣获国家级的文学奖项，而且是首届"鲁迅文学奖"。他更不可能想到，所写的这首长诗，会被制作成长 39 米、宽 1.2 米的铜质诗碑，进入国家公祭场所，镶嵌在"侵华日军南京大屠杀遇难同胞纪念馆"的黑色花岗岩石墙上，为世人传颂。

　　王久辛写《狂雪》，是在不期而遇中把内心照亮了，把自己点燃了。沉潜于心中的那一腔热血和情愫，要借一个特定的机缘喷发，王久辛找到了它、抓住了它，心灵深处的悲愤和慷慨在被唤醒，沉郁而激越的诗情在被引发，《狂雪》从此诞生！

　　王久辛回到了历史现场。呈现在他眼前的，是中国近现代史上的国破家亡、苦难深重，是仁人志士不屈不挠、前赴后继的英勇抗争。在惨绝人寰的"南京大屠杀"面前，他的心灵在震颤，他滴血含泪地控诉和声讨侵华日军的暴行："我"在场、"我"是被加害者、"我"是 30 多万遇难者之一！掠过半个多世纪的烟雨风云，"我"又是今人，而且"我"还是一名军人、一位军旅诗人。"我"在激愤中沉思，在警醒中领悟。"我"回首悲怆、激越的历史，把目光更坚定地望向未来：有"那入骨的铭心的往事"，有"硝烟和血光交织的岁月"，更有"这岁月之上飘扬的不屈的旗帜"。王久辛的诗在传达信念、力量和意志。历史不会告诉未来什么，但未来必定要重塑历史。

责任和使命，从来没有缺席，如同正义和良知。97年前，一群受到"五四"新文化运动洗礼的中国进步青年知识分子创办开明书店，以关心国家民族前途为己任，以塑造中国青少年现代新形象为侧重，传播先进思想和现代科学文化知识，形成进步、引领、服务、创新的"开明传统"，成为中国青年出版社的先声。24年后，紧随着新中国的成长脚步，青年出版社应运而生，用优秀文化精神产品为新中国培养建设者和接班人。不断丰富中国青少年精神世界，不断增强中国青少年精神力量，是中国青年出版社和中国青年出版总社的不懈追求。现在，被老作家刘白羽誉为"可以流传后世"的《狂雪》，在中国青年出版社以全新面貌出版，为新时代的中国青少年认识历史、面向未来擦亮了态度和高度。

久辛是我朋友。1990年，他在解放军艺术学院文学系就读时写作《狂雪》，我在中国青年出版社《青年文学》杂志工作，因为工作上的往来，也因为同龄，我和他、和军艺同届的很多学员成了联系不断的文学朋友。一些年过去了，得知王久辛的诗集《狂雪》，要在我供职过的中国青年出版社出版，更直接与今天的青少年沟通对话，真的是为他高兴。出于对《狂雪》的喜爱，有感于老友的盛情，我写下这篇文字。

李师东

2023年12月12日

目录

情感是怎样复杂起来的？

狂雪I集

长诗卷

狂　雪

——为被日寇屠杀的 30 多万南京军民招魂 ①

1

大雾从松软或坚硬的泥层

慢慢升腾　大雪从无际也无

表情的苍天　缓缓飘降

那一天和那一天之前

预感便伴随着恐惧

悄悄向南京围来

雾一样湿湿的气息

雪一样晶莹的冰片

在城墙上

表现着覆盖的天赋

和渗透的才华　慌乱的眼神

在小商贩瓦盆叮当的撞击中

发出美妙动人的清唱

我听见　颤抖的鸟

一群一群

在晴空盘旋　我听见

① 1937 年 12 月 13 日南京陷落，日本侵略军在南京开始了长达六个星期的大屠杀，残害中国军民 30 万以上。

半个世纪后的今天上午

大雪　自我的笔尖默默飘来

2

有一片六只脚的雪花

伸着三双洁白的脚丫

踩着逃得无影无踪的云的位置的

天空　静静地

向城下飘来　飘来

纷纷扬扬　城门

四个方向的城门　像一对夫妻

互相对望着没有主张那样

四只眼睛洞开　你看看

你看看　顺着那眼睛

或顺着那城门　你们

你们军人　都看看

都看看　他们

中国的老百姓

那一张又一张菜色的没有生气的脸

看看吧　我求你了

我的所谓的

拥有几百万精锐之师的中华民国啊

3

国民党　多好的一个称谓的党

国民　国民的党啊

你们就那样抡起中国式的大刀

一刀砍下去

就砍掉了国民　然后
只夹着个党字
逆流而上　经过风光旖旎的
长江三峡　来到山城
品味起著名的重庆火锅
口说　辣哟
娘稀屁

4

这时候　鬼子进城了
铅弹　像大雨一样从天而降
打开杀的城门
杀得痛快得像抒情一般
那种感觉
那种感觉国人无人知晓
是那样的　像砍甘蔗一样
一梭子射出去
就有一排倒下　扑哧
扑哧　那种扑扑哧哧的声音
在鬼子的心里
被撞击得狂野无羁
趴在机关枪上
与强奸犯的贪婪毫无异样

5

街衢四通八达
刺刀实现了真正的自由
比如　看见一位老人

刺刀并不说话
只是毫不犹豫地往他胸窝一捅
然后拔出来　根本
用不着看一看刺刀
就又往另外一位
有七个月身孕的少妇的肚子上一捅
血　刺向一步之遥的脸
根本不抹　就又向
一位十四岁少女的阴部捅去
捅进之后　挑开
伴着少女惨痛怪异的尖叫
又用刺刀往更深处捅
然后又搅一搅
直到少女咽气无声
这才将刺刀抽出
露出东方人的那种与中国人
并无多大差异的狞笑

6

那天　他们揪住
我爷爷的弟弟的耳朵
并将战刀放在他的脖子上
进行拍照　我爷爷的弟弟
抖得厉害　抖着软了的身子
他无法不抖　无法不对刚刚
砍了一百二十个中国人的鬼子
产生恐惧　尽管
耳朵差点儿被揪下来
裂口　像剪刀那样

剪着撕裂的心
但是他无法不抖　无法面对
用尸体　垒起的路障
而挺起人的脊梁
无法不抖　无法不抖

7

那夜　全是幼女
全是素净得月光一样的幼女
那疼痛的惨叫
一声又一声
敲击着古城的墙壁
又被城墙厚厚的汉砖
轻轻　弹了回来
在大街上回荡
你听　你听
不仅听惨叫　你听
你听　那皮带上的钢环的
撞击声　是那样的平静
而又轻松　解开皮带
又扎紧皮带的声音　你必须
屏息静气地听　必须
剔开幼女的惨叫
才能听到皮带上的钢环的碰撞声
你听　你听啊
那清脆窸窣的声音
像不像一块红布
一块无涯无际的红布
正在少女的惨叫声中抖开

越来越红　越来越红
红　红啊
不理解斯特拉文斯基
《春之祭》旋律的朋友们
你想象一下这种独特的红色吧
那不是《国歌》最初的音符吗
那不是《国际歌》最后的绝响吗
你听　你们听呀

8

这不是西瓜
是桃状的人心
是中国南京人的人心
是山田和龟田的下酒菜
我当然无法知道
这道佳肴的味道
我只好进行虚幻而惊心的猜想
那位中国通的日本军官
也许是从难民营里一千个男人中
挑出的五个健壮的男人
他　拍拍他们的肩
亲切微笑着说　咪西咪西
便决定了开膛破肚的问题
他的士兵很笨
他下手了　大洋刀
从前胸捅入从后背穿出
露出雪亮的弯弯月牙
在没有月光的阳光下
那健壮的男人

一个　　两个

三个　　四个　　五个

五颗健壮的中国人的人心

拼成一道下酒菜

他们像行家一样　　仔细品味

哟西哟西地让嘴唇

做出非常满意的曲线

我无法知道

这道佳肴的味道

但我肯定知道

一个人　　比如我

我的心是无法被人吃掉的

除非

我遇到了野兽

9

野兽四处冲锋八面横扫

像雾一样到处弥漫

如果你害怕

就闭上眼睛

如果你恐惧

就捂严双耳

你只要嗅觉正常

闻　　就够了

那血腥的味道

就是此刻

半个世纪之后的今天晚上

我都能真切地闻到

那硝烟　　起先

是呛得人不住地咳嗽　而后
是温热的黏稠的液体向你喷来
开始没有味道　过一刻
便有苍蝇嗡嗡
伴着嗡嗡　那股腥腥的味道
便将你拽入血海　你游吧
我游到今天仍未游出
那入骨的铭心的往事

10

他们　那些鬼子
有着全世界最独特的欣赏习惯
鬼子
鬼子对传统观念的反叛
可以达到儿子奸淫母亲
父亲奸淫女儿的地步
只是这种追求　他们
强迫中国人进行
中国人
中　国　人　啊
这种经历　这种经历
像长城一样巍峨
一块一块条形的厚重的青砖
像兄弟一样　手挽着手
肩并着肩　组成了
我们的历史　瓷实
浑厚　使得我们无法佯装潇洒
一位诗人
就是我　我说

只要邪恶和贪婪存在一天
我就决不放弃对责任的追求

11

我扎入这片血海
瞪圆双目却看不见星光
使出浑身力量却游不出海面
我在海中
抚摸着三十万南京军民的亡魂
发现他们的心上
盛开着愿望的鲜花
一朵又一朵
硕大而又鲜艳
并且奔放着奇异的芳香
像真正的思想
大雾式涌来
使我的每一次呼吸
都像一次升华
在今天
在今天南京市的大街上
呈现着表情宁静的老人的神情
又被少女身上喷发的香粒
一次　又一次击中
我怎么了

12

空白　空白终于过去
思绪像惨叫一样

刺入我被时间淡化的肉体
作为军旅诗人
我无法不痛恨我可怜的感情
无法不对这撕心裂肺的疼痛
进行深呼吸式的思索
我用尽全身的力量
深深地吸
吸到即将窒息的时候
眼睛盯着镜中的眼睛
然后　一丝一丝地推出
那种永远也推不干净的痛苦
它们呈雾状围绕着我
在我和镜子的距离中
闪现被腰斩的肢体
涌沸血泉的尸身
被钉在木板上的手心
以及被浇上汽油
烧得只剩下半个耳轮的
耳朵　和吊在歪脖子树上的那颗
仍圆睁怒目的头颅
等等　等等　我无法无视
无法面对这惊心动魄的情景
说那句时髦的　无所谓

13

我　和我的民族
面壁而坐
我们坐得忘记了时间
在历史中

在历史中的1937年12月13日里
以及自此以后的六个星期中
我们体验了惨绝人寰的屠杀
体验了被杀的种种疼痛
那种疼痛
在我的周身流淌
大水　大水
大水横着竖着
横横竖竖地呈圆周形爆炸
采蘑菇的小姑娘
你捡到了吗　那块最小的弹片
捡到了吗　捡到了吗
那最小的一块弹片

14

她捡到的
不是我父亲肩胛骨中的
一到梅雨季节
便隐隐作疼的那块弹片
那块弹片
那块弹片伴随着
父亲离休后的日子
在我和弟弟
还有姐姐妹妹
还有爱着我的父亲的母亲心上
疼痛　并化作一块心病
使我们无时无刻不惦念着父亲
不惦念着父亲的疼痛
战争结束了吗

我该问谁

15

希特勒死了
墨索里尼和东条英机也早被绞死
但是　那种耻辱
却像雨后的春笋
在我的心中疯狂地生长
几乎要抚摸月亮了
几乎要轻摇星光了
那种耻辱
那种奇耻大辱
在我辽阔的大地一样的心灵中
如狂雪缤纷
袒露着我无尽的思绪

16

我没有经历过战争
我的父亲打过鬼子
也差点被鬼子打死
虽然　我不会去复仇
对那些狗日的　日本鬼子
沾满中国人鲜血的日本鬼子　但我
不能不想起硝烟和血光交织的岁月
以及这岁月之上飘扬的不屈的旗帜

17

我们不是要建立美丽的家园吗

我们不是思念着深夜中的狗的吠叫声吗
我们不是想起那叫声便禁不住要唱歌吗
不是唱歌的时候便有一种深情迸发出来吗
不是迸发出来之后便觉得无比充实吗
我们在我们的祖宗洒过汗水的泥土中
一年又一年地播种收获
又在播种收获的过程中娶亲生育
一代又一代　代代相传着
关于和平或者关于太平盛世的心愿吗

18

作为军旅诗人
我一入伍
便加入了中国炮兵的行列
那么　就让我把我们民族的心愿
填进大口径的弹膛
炮手们哟　炮手们哟
让我们以军人的方式
炮手们哟
让我们将我们民族的心愿
射向全世界　炮手们哟
这是我们中国军人的抒情方式
整个人类的兄弟姐妹
让我们坐下来
坐下来
静静地坐下来
欣赏欣赏今夜的星空
那宁静的又各自存在的
放射着不同强弱的星光和月辉的夜空啊

19

你说
万恶的战争　我们在棋盘上
体味着你馈赠给我们的智慧
使我们对聂卫平和日本　以及
东南亚的高手充满敬仰
但你为什么冲出棋盘
在一些角落里狂轰滥炸
并使我们一次又一次地
想起昨天
昨天狂雪扑面
寒流锥心刺骨

20

在北京
在人民英雄纪念碑前
我把我的双手
放在冰凉的汉白玉上
仿佛剥开了一层层黝黑的泥土
再看看那些卷刃的大刀
尖锐的长矛　菜团子
和黄澄澄的小米
手榴弹和歪把子机枪
那本毛边纸翻印的《论持久战》
以及杨靖宇将军的胃
赵一曼砍不断的精神　等等
在泥土深处　像激情一样
悄悄涌入我的心头

我于是便知道了
什么是和平

21

是的　我曾发狂地
热爱我自己健美的四肢
以及双层眼皮下闪着黑波的眸子
像我的恋人
一次又一次地狂吻着我的思想
和我挺拔的鼻子一样的个性
是的　我爱我自己
爱我自己生命中的分分秒秒
在每一分钟
我都有可能写好
一首关于生命体验的诗篇
在每一瞬间
我都有可能永远地
爱上一对漂亮的眼睛
但我深深　深深地知道
这绝不是生命的全部内容
关于哲学
我还不同意萨特的某些见解
关于地质
大陆镶嵌构造理论似乎更有道理
关于诗歌
就不用说了
创造着
我感到幸福人间
弥漫着无穷的智慧和情感

22

是的　历史自有历史自己的道路
我们的愿望
如果没有撞破头的精神
青铜的黄钟便永远哑默不语
虽然　一位军旅诗人
三年前就说过
中国将不再给任何国度的军人
提供创造荣誉建立功勋的机会
但是历史
但是历史自有历史自己的道路
我们走在大路上
意气风发斗志昂扬

23

今天　谁还记得
这首五十年代
回荡在祖国天空的歌声
谁　谁还记得
是我　我还记得阮文追
记得白描画的连环画上
他将美军录音机里的录音磁带
揪出撕烂　从八层楼高的窗户跳下去
瘸着腿　一歪一斜地
走向刑场的画面
那是不屈的英雄
是一个弱小民族锋利的牙齿
不仅咬碎了死的恐惧

也咬出了一个国家独立自由的心声
我永远记得
那张雪一样苍白的脸
那是电影
《海岸风雷》的片头
那个老水手的一句台词
我永远记得
和我们走在大路上
意气风发斗志昂扬一起
这些关于战争与死亡的各种零件
他们和1937年12月13日之后的
长达六个星期的屠杀的史实
都在我想象的组合中
组装起一部有关战争的电影
在我的脑屏幕上
起先是大雾一样的恐惧弥漫
而后　是狂雪一样的厄运
从天而降　在南京
在1937年12月13日之后的南京
在1990年3月24日至25日凌晨
3点45分的　诗人王久辛的眼前
一遍又一遍地放映
这部名叫《狂雪》的影片
我愣愣地连续看了两天两夜
没说半句话
关于战争
关于军人
关于和平
蓦然　我如大梦初醒

灵魂飞出一道彩虹

而后　写出这首诗歌

1990.3　北京

艳　戕

——魂系红军西路军八位十三四岁的少女

我十指摘星

摘下遥远的笔帽

在五十四年的默哀之后 ①

向她们鞠躬

——代序

1

……但是　但是一位来自蓝月的宇航员

对长城内外的犁夫们说　今夜

各个墓地的看守人认真地报告

没有游魂出没　没有

我　不　相　信

---

① 1936年10月下旬，中国工农红军五军、九军、三十军组成西路军，奉"打通国际通路与苏联红军会合"的命令，于甘肃靖远东渡黄河向河西走廊进发，在河西遭到国民党马鸿奎、马步芳匪徒围截。经过4个月激战，西路军遭到失败，距此诗写作时间已有54年。

我的就要飞出去的眼球
在深陷的眼窝轻轻地抚摸
灵魂深处飘弥的梦影　和梦影裹着的
八位　站在一只小小的蒲公英冠上的少女
她们在红色月光下微微地摇头晃脑
摇头晃脑

风儿　哪怕是全世界最小的风儿
你也别来　她们还未长到充盈酸楚的呻吟
你离我而去　你离我而去
你离我而去的季节

但是月光依然哗哗流淌
感觉祁连山从天而降

2

那夜　月光是红色的
红色的妙曼轻歌　轻轻降罩在沙漠
降罩在初潮少女悄隆的前胸
微微萌动　微微萌动
弥漫着芬芳的红色颗粒　在我的思绪里
每一粒都甜得剜心　红色
红色　是五角刺破青天的颜色
是血的颜色
是三过草地六翻夹金山的她们
从任何一位伤员的任何一个部位
早就熟视的颜色　是一幅作战地图上
标示各部队行进箭头的颜色
她们认识　那是她们踩着昂扬的战歌

舞蹈的颜色　舞打土豪的颜色
舞分田地的颜色　也舞那种
大失败后的冰凉箫韵的颜色
那种颜色　那种被马蹄踏碎的颜色
掠过高原惨月的水光
和此时此刻我心里蹦跳的每一个瞬间
漫过了她们的膝盖……

3

仰头　是一闪一闪的弯月①在闪
那弯月疯了　那弯月疯了
那弯月披头散发卷着戈壁上的石子
狂闪如电　在红军哥哥脖颈上闪过
血喷　似火炬灿烂动人
又像天空的火烧云
在天地间闪耀着血光的辉煌
她们早逝的生命至今也没有忘记
那眼眼射血的洞穴　从脚掌到后脑勺
浑身上下都是不能闭合双目的肉孔　肉孔
肉孔　翻着肉波血浪的肉孔
像惊雷一样壮观鲜红的太阳
正从那肉孔中徐徐升起
高悬在穹庐似钟的夜月上

而遥远的昨天望着　望着
肉孔　肉孔替她们困惑
远去的枪声　替她们在很远很远的地方

———————
① 弯月：指匪徒马鸿奎马队使用的马刀。

呐喊为什么 为什么
在很远很远的地方随风雨消失
我在今天纯净的天空中
仍嗅到了浓烈的腥味

我挺拔而又敏锐的鼻子哟

4

火烧云依然在天空燃烧
她们听着燃烧的噼噼啪啪的声音
心惊肉跳   魂飞魄散
她们嗅到了焚尸的焦煳味道

那味道也是红色的
红色的味道被她们一吸一呼地
推进周身的每一粒细胞   每一粒细胞里
都站着成千上万的红军哥哥

哥哥哟   忍不住被她们从双眼中迸出
落在地上   砸碎了她们的脚
她们瘫了   她们软了   她们失去了知觉
她们被通红的火烧云描绘成一幅名画
在中国军事博物馆的大厅高高悬挂

谁躲在廊柱背后睨视着我？谁

5

然后   一只只狼眼里

伸出一只只活剥羊羔的手
是那样的手　是那种狼齿虎爪的手
在她们赤裸的身上苦苦地寻找着
如盲者那样　寻找着　寻找着
满足饥渴的尚未伸开玉兰花瓣的　胸蕾
找到了什么　什么能被找到
什么被找到之后　不是又一次丢失

6

开始　她们插在四十位姐姐中间
插在无声的沉默中　目光　目光
在心里躲着　那长驱直入而又淫荡的
目光　滚荡出来的腥涩气味

窜来窜去窜来窜去

那种腥涩的气味　那种怪异难闻的气味
终于在一位叫莲莲的女孩儿脸上凝固
像某部色情小说的主人公
奔出心地狂叫　小仙女儿
小仙女儿　几近绝望地叫着
我　的　小　仙　女　儿

7

那已不是轮奸
而是那种　而是那种
而是哪一种呢　上帝
请你告诉我　是哪一种

我的中国心　我的民族魂
我的　有着五千年文明史的祖国啊
他们狂奔着冲向圣洁的少女
腿脚剪着夕阳　快速闪回
像饥饿的乞丐　嚓　嚓　嚓地
撕开未长熟的玉米蕊
嫩嫩的鲜肉哟　颤抖着全世界的月光
红色的月光　被这些
和我们同一肤色　同一母语的人
一饮而尽　这些豪放派野兽
从五十四年前深深的泥层中破土而出
站在我眼里淫笑　使历史化为
这种笑声　并如绢似纱地落入我的梦境
在我梦中的江河山岳间回荡

8

我白日无梦　我深夜难眠
我在白天和夜晚的挤压中变成历史
在首都的华灯下化作晃动的影子
影子从东长安街晃到西长安街　它问
历史就是那荒凉西部的奇特宁静吗?

9

现在　魏公村的月亮没有旋转
在寻找中静坐的我
却已在昨天旋转的月亮中
旋转了起来　我越转越快
并且越来越小　并且最后消失

你不会知道　我钻进了
哪一位少女的身心
在她们的骨髓深处
你不会知道我忍受了什么
承受了什么　我看见血红的月光因
失血过多而渐渐接近黎明地
露出了惨白的脸　那是罗敷西施
赵飞燕林妹妹的脸　最终成为齑粉
成为我诗行深处的精灵

谁肯与我同吟这如泣的名句

10

当阿彩被一只手拎出门外
门内屋里　那座土堆的台子上
白色的羊皮　便翻卷起血海的惊涛骇浪
那是一团一团　不屈的仍咆哮着的
少女的头发　正一浪高过一浪地
撞击着坚硬的墙壁　咚　咚　咚
在五十四年前的深夜　有节奏地撞着
一次比一次猛烈地　撞着
撞着　咚
咚　咚　鼾声弥漫天空
高举着　咚　咚　的撞击声直冲云霄

与脆弱的心为敌　与不能正视
不敢正视的胆怯以及胆怯中包含的往事
为敌　敌人便逃不出我们的血液
你听　你听　你听啊　咚　咚

咚　这不是时代的脉搏又是什么

11

那已不是哭泣的声音　像信仰穿云破雾
撞响了西部中国少见的雷电
又像恶魔眨眼　只眨了一下
只眨一下就照出了　惨丽动人的风景
就使所有的善良化作了倾盆大雨
大雨　大雨　大雨
大雨哗哗啦啦地倒下来了
倒在我的心上　在我颤抖的峥嵘岁月里
深深扎根　并蘖生盘根错节的思绪
一如戈壁中顽强生长的红柳
那一条条泛着通红的袅娜柔曼的腰肢
在我眼前晃动　使我拽不住缰绳
使我无法抑制迎风而猎猎喧响的烈鬃
一任想象狂奔
来到没有墓志铭的土地
你听　你听　你听我怦怦蹦跳的心声
你听啊　我泪如泉涌——罗丽塔①
——我知道　这是一位美国的著名作家
用这个名字替我呼唤
撕心裂肺地呼唤　我的生命之光
我的欲望之火　我的罪恶
我的灵魂——罗——丽——塔
舌尖从腭到齿分三步蹦出三个音节

---

① 罗丽塔：美国著名作家弗·纳博科夫所著长篇小说《罗丽塔》
中14岁的女主人公。

罗　丽　塔　而我听到的是

阿……彩……

12

1978年12月29日
当我踏着军人的步伐走在
当年囚禁她们八位少女的武威县城
东北方的土围子① 时　我看见了她们
看见了她们临刑前
栽种的五百一十二棵
当年像她们一样　亭亭玉立
如今已粗壮如鼓的白杨树
她们惊人地不同凡响
仍弥荡着令人销魂的力量　还有
神秘的树皮　还有奇异而又雅致地
呈现在断枝中的红五星②
不可捉摸地　变幻莫测
无法抵御的历史魅力
像什么　不可能不像精灵
一只小鸟　绝对是一只只小鸟
在枝桠的梢头啾鸣　那天
那天　我被这清纯的啾鸣深深打动

---

① 土围子：甘肃土话，意为土墙围出的大院子。
② 红五星：甘肃武威城东北一个土围子里的白杨树，折断后的断层里呈现着红五星，据说是当年的西路军战俘所种，故当地人称"红军杨""五星杨"。

13

打动了　即将在我心中淡忘的历史
和沿着门缝　准备溜走的焚尸气味
以及这八位亭亭玉立的少女哑默的
英魂　打动了平静了五十四年
今天仍然万分平静的西部中国

现在　我的想象
将她们平平地摆放在大地的桌上　太阳
和月亮　和那些从未看见过她们的孩子们
向这里眺望了　向这里眺望了
他们望见了什么　什么能被真正望见

14

太阳　莲莲是这样死的
还有阿彩和凤妞　十六只马匪的手
像伟大的哲学那样
一边八只　揪住她们"丫"字的两肢
默诵着一二三　然后一齐猛扯狂撕
猛扯狂撕　将她们三个
逐个　一分为二

月亮　你记住　一分为二
这个哲学中最普通最常见的概念
它像烧红的烙铁
在我的任何时候的任何一次思绪中
留下了通红的烙印　同时使我在睡梦中
也能够看见　那八匹马匪接近狗的鼻子

15

那鼻子　那鼻子在那一天嗅觉奇异地
好哟　他们轮流地闻着被一分为二的
少女肢体　某处已无法遮掩的部位
弥荡出的芬芳　淹没血的味道
他们渴望的是他们作为匪徒　最渴望的
某种可以同欲望一起呼吸的味道
他们将那味道看成令人沉醉的老酒
他们豪饮了　他们大醉了
而我的小妹　我心爱的想象中的小妹啊
便被残暴的哲学"解析"了
便在圣洁的雪花漫天的狂舞中
一阵又一阵地蠕动　微微地蠕动
永远地蠕动　那是中国著名的祁连山系
五十四年之后　我听见了
另一句著名的唱词和唱腔
是西皮流水即　那句
　　　峡　谷　喔　喔
　　　　　　　　　震　荡

16

那震荡　那震荡是三位少女弥留之际
用鼻孔推出的信仰的气息　那气息
那气息到处流浪　到处流浪
在我熟睡之后的大脑皮层之中
越来越深刻地告诉我　哲学
是战争的硕果　而艺术
那是残酷的孪生兄弟　还有诗

那是杀人的欲望转化而来的文字组合
我的诗魂　你信不信
下雪了　只下一种洁白
一种洁白　统一了多彩的江山
一位纯诗的追求者
仿佛为八位红军少女写下了这样的诗句

17

但是　但是他和满天的繁星
不知道那位跳舞的小女孩儿　是怎样
死在十三岁生日那天的　那天
那天她呕吐不止　在青海西宁的
皮革厂里①　在下工后停转了的
搅拌机旁　瑞金城光芒万丈
远在两年之后的青海高原
她仍然可以俯瞰那闪光的革命
她看着那一簇一簇的红色往事
想象着死亡对于信仰的意义
这位跳舞的小女孩儿　这位跳舞的
小女孩儿　平静地看着自己的小手指
是小手指　是灵巧的叠白纸船的小手指
按下了搅拌机的电钮
她听着那隆隆的轰鸣
内心　被这金属叶片的搅动声鼓舞
是的　背靠死亡
走向信仰　我看见她粲然丽笑
连亲爱的母亲都未曾一想

----
① 战士们曾被押往此厂做工。

我永远　我永远也不会忘记
她那使我揪心的笑容
我不能不永永远远地含着那笑容
一次又一次地想象历史

18

历史就是她那纵身一跳
她那一跳缩短了少年男子的我
与少年女子的她　永恒的距离
我们或许会热恋　我们
或许会有孩子
然而　她跳进了搅拌机
血和肉　一下子被搅拌成泥
骨头和心和那个　那个未出世的婴儿
就被轻轻松松地　搅　碎　了
永　　　　　永
　失　　失
　我　我
　　　爱
　　　直
　　　至
　　　今
　　　天

19

在今天上午的亚运工地上
我再次听见了搅拌机的隆隆轰鸣
仿佛　仿佛那已是遥远遥远的事情了

而我　一位诗人
却不能不捂严双耳　我知道
我很脆弱　那该死的搅拌机的轰鸣

20

在亚运工地上
在包围着我的隆隆的搅拌机声之中
像那位尚未出生就被搅碎的婴儿
我在祖国的子宫的穹隆之中呼唤
祖国啊　我亲爱的祖国
没有信仰的婴儿　和仅有一种信仰的少女
你拒绝吗

21

还有秋霞　还有玲玲　兰兰
以及四十位西路军女战士
她们统统被蹂躏的事情
允许我删掉吧　关于玲玲
我仅记得　她即兴的舞姿
没有罗纱　也没有彩带
只有一望无际的　戈壁
和戈壁上空盘旋着的苍鹰
她像天鹅一样
优美地伸开修长的两翼
舒展地伸长脖颈　然后一跃
那芭蕾的足尖在半空三抖
落地　劈叉
腾空　旋转三百六十五度

翻身　动人的腰肢一闪
如细柳偶遇风拂　腰
微微地摇了一摇　落地
大跳　狂奔
向着夕阳　向着真实逼现的夕阳
毅然仰头　那雪白的脖颈
那雪花一样洁白光滑
而又颀长的脖颈
在空中弯成一张
放射永恒之美的金弓
我不知道这种美射中了谁
我听见那个匪徒　那个匪徒说
她
　　疯
　　　了

然后　我又听见一声枪响
太阳跌进了地平线
而天空依然通红通红　天鹅
倒在了彩霞的下面……

22

杀！五十四年之后
我的冲动　在我毕生的岁月里
构成了　我失陷太多的欲望
他们将我挚爱着的兰兰的歌声
掐断在　她十四岁的路口
在她连半句歌也唱不出的时候
再次摧残她余温将尽的尸身

然后　像拔出屠刀那样
从那里站起　带着亵渎神灵的奸笑
嘿嘿嘿嘿地笑着　残酷
残酷永远比我们想象的更为疯狂
特别是当我们是我们中的一部分
被我们中的另一部分屠杀
残酷就实现了真正的升华
尤其是回忆起八位少女的生命历程
残酷实现了对极致的创造
而兽性在人身上的展现
便进入了非人的想象所能够想象的境界
他们在那里胡作非为　而每一个念头的
付诸实施　都是一次对人的背叛

我早在遥远的古代
就看穿了这群叛徒的嘴脸
我的热血　是不容叛徒的
无论古今　决不容

23

作为一位诗人
我做梦都渴望着不动声色的感染力
而此时此刻　我的四人同室的学生宿舍
将不得不冲出　把苍天戳个窟窿的吼声
我　要　杀　人
喔　你?
就是我　你这个老练的抒写残暴的诗人
你　要　杀　谁

是的　在今天
在五十四年之后的今天
你　要　杀　谁

24

追问欲望的眼睛　令人心惊
却又若明若淡　在秋霞
在十三岁零一个月少女修长的腿上
晃来晃去　晃来晃去
仿佛　仿佛那因信仰
而永远并拢了激情的长腿
凝聚了匪徒们最现代的邪念

现在　我的读者
你应该能够听见那迫不及待的喘气声了
那声音如此惊心动魄
你应该被那声音碰出想象
你想象吧　你完全可以想象
他们要干什么　而更为细微的声音
则是秋霞　她从地上捡起多棱的石头
刺进你完全能够想到的那个地方的声音
你听见了吗　你听见了吗
你完全能够想象到的血肉模糊的情景
你听见了吗　你甚至还可以想象
那些匪徒绝望的叫声　你听
你听秋霞含着巨疼的狂笑
你听　你听　你听啊
那是贝多芬《英雄》中不朽的旋律
你能够不被感染　能够不想起大海蓝天

那纯净的容不得玷污的壮阔崇高
那伟大瑰丽的理想世界　你能够
你能够　不被这少女的狂笑　深深感动

25

我不能　而想象的世界
永远像秋霞的容貌那样　弥漫着
空前绝后的魅力　使我走进不忍目睹的
这段少女蒙难的经历
使我看着她们　便想起
某个吃人血馒头者呆滞的眼神儿①
想起获奥斯卡五项大奖的影片中②
因嫉妒　而将伟大的音乐家
残害的　那个后来无法平静而疯了的
迫害狂　是的
是迫害狂　是囚禁思想的牢笼
是放弃了所有人性的欲望
是一部顺我者昌逆我者亡的历史
是憎恨"自由"这两个字的国民党
是蔑视民主和法律的狗脸
是讨厌真实的眼睛　是无视创造的白痴
是你有翻天的本事老子不用你的
法西斯作风　是我们想起这些
便难过得默默流泪的心情

---

① 指鲁迅先生的小说《药》。
② 指电影《莫扎特》。

26

让我们不仅为历史或仅仅为历史
失声痛哭吧　我的泪水呢
我要我的泪水　你逃到了哪里
——罗　丽　塔　你告诉我
我的心肝宝贝儿　你在哪里
我的泪水　我的红月光一样的泪水哟
你让我流出来你让我流出来
你让我流出来呀　宝贝儿
宝贝儿　你让我痛痛快快地流出来呀
宝贝儿　我坚信我劲射的泪水
是鲜红炙烫的　是如火如荼的
亦是真诚的情歌
它在湛蓝的晴空　翻滚我望不断的才华
和激情　并在无言的灵魂深处
与冤魂屈鬼密谋　关于昭雪
关于绞死某个野兽的问题

27

那一仗　那一仗只留下了一位
守　墓　人　在冥蒙之中
我听见夕阳　戈壁上残红的夕阳
对他　对那位七十九岁的守墓老头儿说
所有的民族内战　都是失去理智的人
要杀绝追求真理的人
那是大地上肢解的人①　撑起的一个

① 指西班牙著名画家达利的油画名作《内战的预兆》。

想象的空间　有一张狰狞恐怖的脸
和一只魔爪　一只兽蹄
以及亭亭少女们一样的蓝天
和供我们繁衍子孙的大地
所有的正义　和所有的邪恶
在这里　在这里
都被完全彻底地象征了
所有真正的马列主义者　面对这幅名作
都会油然升起一种博大的情感
一次又一次放弃谬误　更顽固地
追求真理　渴望世界能像五月的鲜花
环球盛开缤纷的色彩

28

此刻　我绝不相信来自月球的
宇航员　对长城内外的犁夫们所说的话
今夜　各个墓地的看守人都认真地报告
没　有　游　魂　出　没

我绝不相信　她们
在我洁白的像她们一样的稿纸上
复活了　这时我看了她们一眼
然后　又看了她们一眼
又然后　又看了她们一眼
我知道　我所望见的八位少女
还会飘进我的无论白天还是深夜的
每一个庞大的瞬间
和每一声缤纷的呓语
是的　我理解她们

伊里奇同志说　忘记过去就意味着背叛
是的　人类所有的残暴我们都锥心刺骨

今夜非同一般
我必与游魂相遇长谈

1990.3 ~ 4　北京

蓝月上的黑石桥

> 人们应该悼念死者，这说明我们除了爱自己以外，还爱着别的东西。为那些曾经为国效劳的人哀悼，是一种悲悯的习惯，然而它更有益于培养我们最好的感情。
>
> ——雪莱《为夏洛蒂公主去世告人民书》

1

蓝月忽大忽小。蓝月飘来摆去。
蓝月如水汹涌澎湃。并且一起一伏。
并且时隐时现。并且在黑石桥下。
幽楚楚地晃动。晃动。
晃动着蓝光粼粼的历史。并且触碰幻影。
触碰一触即破的血河滚滚。
我说，你随便好了。
蓝月总之要沉入你的怀中。并且晃动，
而后我听见四面楚歌，
在蓝月下抚摸着战战兢兢的草。树。

石头。土地。以及流萤。虫豸。
和各种各样的蛙鸣。风声。
有一个人影左冲右突。
那是项羽或项羽的后裔。
在蓝光之中闪烁炯炯有神的眼睛。

2

这时候。我听见一方巨鼎。
凌空直落。落下来的时候，
是慢镜头的方式。蓝光追照着它。
它缓缓地飘降下来。
是飘降下来。并且在我们的心上。
留下了一个巨大而又无形的盆地。
巨鼎渐渐消失。蓝光被砸得惊叫不止。
使若干年后的宁静。
更加宁静得接近恐怖。

我们统统忘记了吗？
那张被诗人艾青唤作旗帜的人皮。
那张中国女人的皮。
我们忘记了吗？那起先是轮奸。
而后嘿嘿嘿地将那张肌肤若玉的皮，
从残喘的痛疼之中剥下的情景。
我们忘记了吗？那些滚来滚去的头颅。
那些被剁掉了双足的宁死不屈。
忘记了吗？血如菊花伸瓣爬满脸颊的。
刹那之间的笑声。忘记了吗？

3

关于黑水和黑水冲击的沟，
以及沟口建筑的这座著名的桥。
今天，竟然固执地生活在我的记忆之外，
并像一位姣好的少女，
风骚地弯下了腰。
露出象牙般的白臂肘。领口内的雪。
拱出地面的蒲公英高傲的脖颈。
好色的史学家，和唯美的我。
我们就开始了漫天的想象。
像绕膝跪求的乞爱者，
磨破了一千双追求的膝盖骨。
在黑水深处，
泅游。

怀念项羽。怀念蓝月上
左冲右突的白亮亮的声声断喝。

4

对于屠刀。对于悬空而挂的
纯粹的屠刀。而不是那弯蓝色的月亮。
它具有一万种可能。
每一种可能都是一条大道；
每一条大道都通向死亡。对于屠刀。
乞求。等于自杀。
剑刃抹过脖颈上的动脉。
没有声音。只是一种物理运动。
所以你能够看见，

是摩擦。所以又是白亮的闪电。
直喷天宇的血。
落地的时候——是徐缓的。
砸在大地的瞬间——是尖叫。
是刺刀捅入心脏后的嘶鸣。
是大路朝天。经过黑石桥的时候，
石桥也拒绝无辜生命的最后逃遁。
假若我们嬉笑着向日本鬼子伸出
热诚的双手。杀戮与掠夺，
就能够幸免吗？

5

我现在被石桥举着。
举着。我高出它们。
我像一座山。在桥上。
接近英雄地站着。
而且能够听见风的诉说。
听见河床无言的历史掀动石头的声音。
听见那种声音，
在马背上的旅游者的周身奔腾。
并且紧抓马鬃。并且蹬牢鞍鞯。
并且在心里嗷嗷号叫。并且。
并且。并且在我表情冷漠的脸上，
找不到一丝一毫。一毫一丝。
笑意。我找不到。

我不会笑。
尤其在若干年后的今天。我不会笑。
你们笑吧。

我在你们欢乐的缝隙中孤独地漫步。
查寻胆战心惊的蓝色的月光，
以及月光下四处奔命的大喘气。

6

大喘气。在繁星紧盯的天下，
是几乎听不见的团团哈气；
团团哈气在夜幕的油画布上，
是几乎看不见的丝丝白光。
毛孔依然伸张收缩。
毛发依然直立颤抖。
在微风的吹拂下触碰相邻的颤动。
颤动连着颤动。一片望不到边的颤动。
在蓝月之上颤动成一片抖索的大地。
并与哈气亲吻结成动人的霜晶。
在眉骨上的森林狂啸成雪原奇景。
使双眸在颤动之间颤作黑油色的海子，
闪动生灵的顽强意志。
意志奔跑。
大喘气的白光一吸一呼。
天依然是黑色的。大喘气。大喘气。
像倒入黑河的粒粒雨珠。
泛不出一颗启明的星星。

7

谁是英雄。狂乱的风云卷我一句提醒。
这是机警的神经最为敏感的话题。
我将它揪了出来。

像一柄抽出的利剑。按剑。
我再问一声：
谁曾站在这座桥上，像当年的张飞。
大喝：谁敢上。

被苛捐杂税抽干了的中国，
被天灾人祸加愚昧而又专横的统治
整怕了的民族。有没有一根真正的骨头。
骨头。能在铁甲的碾压下顽强地喘息。
能？还是不能？

黑石桥作证英雄没有留下真实姓名。

8

那时候，我们的肺叶枝繁叶茂。
吞进一道一道刀光剑影，
吐出一股一股腥味的恶气。
在大刀片上站立。
在拧不断的脖颈上一试锋芒。
我们。我们中的一部分，
提着脑袋。
拎着性命。
迎着直钻胸口窝的炮弹。冲。
暴露着手背及胳膊上的青筋。
冲入月光下的青纱帐。
冲入民族主义。
和英雄主义的古老命题。

他们不知道什么主义

会在什么时候过时。不知道。

9

古老的月亮。
也是崭新的月亮。
一如大刀。大刀在它的照耀下，
忽长忽宽。
忽如一江怒吼满天银光。
斩山断水。
斩妖除魔。
忽如晴天霹雳滚雷盖天。
大刀。大刀拐弯，
伸进鬼子炮楼。
手起刀落。在地上滚动的头颅，
还没有来得及闭上眼睛。
大刀已如伟人的巨手，
指着东方的朝霞。
对我们示谕：我们看着那鲜红的太阳，
看着太阳下关山月笔下的壮丽山河。
于是我们就知道了，
祖国它之所以是祖国，
是因为我们终于拥有了——
剁掉鬼子脑袋的想法及其行动和力量。

10

想法这家伙诞生的时候。
没有产床和医生护士。
在黑石桥畔，

黑水如祸涌流着惊心动魄的交响。
伟大的泥土咽下了这一旋律。
无声无息。在宁静的惨死面前，
泥土捧起了黑石桥，含着怨泪。
像捧起了一只爬行动物。
只是它不爬。
连爬都不敢。
想法不得不突然冒出来。
是顶着满头血水从血海里冒出来的。
而且一冒出来就问：
是吓趴下了
还是压根儿
就　没　有　脊　梁？

而后，一如齐天大圣老孙。
自身上拔下一撮毛。一吹。
于是，剁掉鬼子脑袋的想法，
便铺天盖地到处飞扬。

11

再而后是油亮的行动。
是一个又一个肘关节。臂关节。
膝关节。嘎吱作响的声音。
是肉裹着骨头。
骨头在肉的簇拥之中，
发出的声音。是喷出来的声音。
是与血的颜色相同的声音。
是金属的声音。是鹰的飞翔。
而后，是凌空直刺鼠背的声音。

没有拐弯。

是直线运动。

磊落而又英勇。并闪着黧色的光芒。

根由血的升腾而炸开的行动。

它说：才是行动。

才是我们不容凌辱的自由。

自由的代价是献出一位位盖世英雄。

英雄。英雄是出鞘的剑锋。

人民是挥剑的力量。

世界生来就动荡不安。

阳光从来只照彻地球的一半。

黑暗像恶浪一样卷走善良。

善良像大地一样盛开娇美的鲜花。

而善与恶的角逐，

总是伴随着英雄的光芒，

使世界重新获得希望。

12

希腊的英雄兼诗人埃利蒂斯

曾经这样替我呼唤：

"解放大地的美。"

我站在这呼唤的正中间，

捧起阿崎婆十八岁时，

美丽绝伦的脸庞。捧起我被惹得

心儿怦然而动的跳跃之声。

我说，"美啊！"

绝色的少女不分国籍；

酷烈的战争跨国横行。

山打根八号妓院的全体女工，

是日本战犯用重型炮弹洞穿的眼眼肉孔。
我从这孔中望出去，
没有风也没有雨。
只有蓝月之上的大海的波涛，
卷着泡沫似的藻类生命。
四方八面漂泊的情景。
让我们为这些微弱的藻类生命的命运，
默默地流泪。为最微不足道的生命，
默哀。并怀念他们生前的美好愿望。
怀念他们的贫困。饥寒交迫。
以及被汪精卫抓了壮丁的悲惨余生。
等等。缅怀一棵树。
在家园屹立时傲然的姿态。缅怀一个眼神，
在梦中浮现的画面。缅怀一条街，
在飞机轰炸前的模样。缅怀一位优秀的
大学生，被监禁前的生机勃勃。
缅怀是纯洁高尚的人性之光。
是没有被脚踩过的雪原。
我们永远珍视我们内心深处
拥有的阳光。湖水。蓝天。
珍视使我们越来越亲近生命和大自然的
那些风。雨。雪。那些最常见
又最容易被忽略的真实感受。

13

在我有限的想象之中，
行动永远是诡秘而英勇的翅膀。
它从死尸的山根起飞，
扇着黑夜的恐惧与再死的可能。

穿越世纪。

进入史册。

留下遗憾和光荣走到今天。

今天是昨天的继续。

是一竿竹子上的又一节时间。

时间没有阶级也没有感情，

尤其没有反抗。

我们走在其中，

用行动切割它的身体。

使其被我们的意志不断改变面貌。

在今天我们用我们并不英勇的行动，

切割着它们。使它们显得平庸。

这不能不说是我们的悲哀。而在昨天，

在昨天日本鬼子切割着我们的时间。

使每一秒钟都显示着战刀屠城的可能。

并使我们的生活，

像铡刀下的脖颈。甚至切割

我们的精神。屠宰我们的灵魂。

这是为什么？

仿佛所有天良的眼睛，

都一如这桥栏杆上石狮的眦目圆睁：

什么都在目力范围，

却什么也没看见。

我因此懒得去数，

这座桥上，有与没有一样的石狮。

懒得去。就是懒得去。

可以饮一口酒，
而后，细细地想一想所有的人类战争。
想一想颜色不同的英勇顽强。
那些红色的。红得多么壮丽。
那些灰色的。灰得多么凄惨。
仿佛历史永远都在等待一种真诚的目光，
一种透视自己的勇敢。

14

战争是什么？
战争不过是东条英机或希特勒、墨索里尼
灵魂深处最怕人提起的一个庞大的隐私。
他们的野心在这里很少收缩不断扩张。
像贪心的孩子，一使劲儿——
彩色的气球吹破了。
而罪恶的战争随即诞生。

我因此命令你——军人们。
用你们的勇敢和体魄，
正步走进从这座桥上滚过的战争。
并在其中撕开它的肉皮，
调皮而又严肃地钳出它的隐欲。
并介绍给我们。
关于领袖欲。关于山中之王的狂想。
关于对财富的企图。
以及对美女的爱好。等等。
使我们整个人类都看清这一切，
看清这一切是如何巧妙地成为口号。
标语。社论。

成为激动人心的演说。
成为墨索里尼《意大利人民报》
优秀的撰稿人。成为
希特勒《我的奋斗》黑色的封面。
成为东条英机"剃刀将军"辉煌的荣誉。
军人们。军人们！
当这一切摆放在阳光明媚的早晨，
你能说你看穿了战争？

半个世纪过去了。
我在黑石桥上寻找昨天的弹洞
我没有找到。我想起诗人梁小斌著名的
呼唤——中国，我的钥匙丢了！
弹洞在哪儿？不要让我的目光踯躅桥身，
不太平庸的思想继续流浪。
让我轻轻走进弹洞。坐在其中。
并点燃柴火，借着火焰映红的穴壁，
像北京猿人那样，
仔细地看看自己的四肢。
人的四肢。直立行走的蓝田亚种，你说：
弹洞在哪里？

15

昨天。也就是刚才。
我发现它躲在波德莱尔的《恶之花》里，
为谋求一次晋升的机会，
通宵达旦地写着无中生有的匿名信。
在关键人物的耳边吹风播雨。
为一句不中听的闲话埋下仇恨的种子。

嫉妒成性。
且憎恨朝气四溢的青春少年。
具有忍受的天赋，
和眼观六路耳听八方的特异功能。
得意时做伟人状指手画脚；
失意时自己砍下自己的尾巴。
一旦抓住战机，
立即动员群众。

苍茫历史曾经留下过这种弹洞。

这种弹洞。这种弹洞在今天，
是暗夜之后的咖啡馆中，
缠绕在大腿之间的轻音乐。
是一句调情的话激怒的另一个
裹着性冲动的拳头。于是
武夫被崇拜。阿飞作派，
在大街上流行。并伴随着春风秋雨
渗入大地。大地黑水奔流，
雄师百万迎着枪林弹雨横渡长江。
血海浮出。
英雄命短。
高耸的纪念碑在都市怀念荒野中的骨头。

我于这无声的弹洞听见历史悲怆的箫鸣。

战争听见了吗？听见之后
可曾将这幽幽箫鸣拿起来掂量掂量？
然后放在桌上认真地看看。

仔细地想想？想想邪恶的胃口？
可曾？可曾幡然猛省。
对明天的行为进行否决。可曾？
与地震不同。与地震的结果一样。
与山洪不同。与山洪的性质一样。
灾民无家可归。
伤残的大地衣不遮体。
贫困的更加贫困。掠夺的更为疯狂。
伴随人性之恶的不断繁衍，
人祸一如天火越烧越旺。

这沉重的箫鸣！

我无言以对。
在蓝色的箫鸣拽住蓝月的时候，
我深深地感受着早已冰凉的野骨。
看见它们在深秋的黑夜放飞流萤的情景。
我不哭。我理解了——
什么是真正的牺牲。

牺牲就是在巨大的历史框架中，
连死因都讲不清楚的一种奉献。

对于动荡的世界。
对于渴望开发的我贫困的祖国。
奉献像倒在血泊中的五四青年。
像黑石桥畔献身的二十九军的弟兄。
它在未来历史巨大的屋宇之中，
每一根抽出来，

都可以当做脊梁。

脊梁啊。

16

但是我决不仅仅是历史留下的想象。
我还会深切地悲哀。
会将这悲哀在心头翻来覆去地欣赏。
是欣赏。是这个显得艺术又轻松的动词。
在今天我们是何等的轻松。
咒骂鲁迅。开发权力的各种功能。
艳羡金钱在人性中找到的第一把交椅。
几乎人类不齿的种种恶臭，
在现实中都找到了"美加净"的商标。
我防不胜防。
它使我立即哑口无言。
而后，又使我的周身弥荡古老的荣誉感，
和一种与现实极不和谐的英雄主义。
我根本没有办法，
不关注脚下贫困的土地。
没有办法不将自己放掷边关，
使思念化作缅怀。
在许多人的缅怀之中体味苦涩的幸福。
我在河西就向往古今中外的爱国英雄。

17

和平需要英雄。
需要一座座战争也炸不烂的黑石桥。

要是这座桥不能说话的话，
这个宁静得蔚蓝的夏夜。
和未来的春夏秋冬。雨雪雷电。
都会替它对和平老人说：
石头。石头
是这种砸不烂的石头。
唯有坚贞是历史埋不住的珍珠。
我因此确信：
一个民族不可凌辱的依据，
与整个人类持久的和平。
是一种蓝色的悲哀。
深邃有如海水。
庞大有如穹隆。
它在寻常的每一个瞬间，
都可能诞生无法收拾的掀天冲动。
伟大的反法西斯战争，
就是这样胜利的。
因此。请　你　热　爱　蓝

18

于是，伴随着对往事的记忆，
我来到这座蓝月上的黑石桥。
悲哀感受着悲哀。
然后揣着双倍的悲哀，
乘坐日产的大客车返回住处。
蘸着一股莫名的激情，
点横勾竖地写着
三倍悲哀的蓝色诗句。

我说：正视这首诗的金属性质。
正视有了旋律意味的蓝色悲哀。
抚摸抚摸它冷冷的足音。
丈量丈量它走过的道路。
它已经过了多少个村庄和城市，
还将穿越多少个世纪，
才肯驻足回首。才肯对诗人说：
回去吧。已经没有多少真实的意义，
值得诗艺追求。

这需要慢慢体悟。
需要将黑石桥颠过来再倒过去。
扯长再拉宽。
切开再组合。
反反复复地投入心灵深处，
使其石质腐烂。
化为蓝水。
自大地的胸膛缓缓流出，
流成一缕白云。
在和平的月光下，
浮出跨越世纪的黑石桥的轮廓。
那是蓝月之上的黑石桥，
又名：卢沟桥。

公元1990年4月8日，
我于困倦中走过它。而后。
认识了自己。

1990年4月、6月、8月　北京·兰州·北京

魏公村 ①

1

种庄稼的农人
仍在瓦亮的月下
种着庄稼　庄稼
在冥寂的忧思中
伸着思想的绿叶
楼窗都睡去了
唯有路灯望着
墨色的深处

2

是哪一种虫鸣
摸着夜的耳轮
走进盼春的心田
播种冬雪　雪片在眼前
张牙舞爪　使洁白
失去洁白的意义　虫鸣啊
铺一条恋人细径

---

① 魏公村：诗人曾就读于解放军艺术学院文学系，魏公村乃学院所在地。

而农人们仍在　深冬
抡着瓦亮的锄头

3

关于心不再坚硬
关于泥土接受犁的翻耕
这是一种劳动的过程
你作为心
或作为犁
那是你的自由
而你的自由永远不是那个过程
在脆弱的呻吟中有钢断裂
在无畏的掘进中有泪常流
你在这窄窄的内陆
拥抱着自己复杂的感情

4

在这里
你如置身墙的世界
而每一面墙都给了你一份想象
在墙的世界里
你的想象叠加复映
雀起的灵鸟像雁阵排空
一行行行军的队伍
开进野营拉练的风雪
使你享受着运动的幸福
和风雪描画的意境

5

含着酸楚
步行在忍不住的诗行里
落在大地的前襟
涝了　涝了
今年的收成啊　今年
酸楚的心事
遍地横生

6

你将被我怀念
我将被另外的几个人咀嚼
另外的几个人在你的梦境之外
四处流浪　我看着他们
你的思念紧闭大门
他们在门外蹲着抽烟
你被我深深地思念
我被他们一次又一次闲谈

7

现在　我只好
站在我的门前　被一群人
想象　我知道这是人生中
最美妙也最糟糕的事情
任何一个失神的眼神儿
都将被理解成一种外遇
而所有无意间的穿戴

都将被认为是别有用心的安排

8

只能洞开八面心窗
让所有的目光来检查了
关于我的感情
是不是渗入了一位少女的纯情
是不是打着透明的幌子
干着诱惑少妇的勾当

9

你们看吧
你们可以搜索我的所有文字
也可以闯进我的所有梦境
而我只能站在我的风口
看着被风割走了棱角的城墙
和被雨砍去了脑袋的山冈
一任你们砍杀我的灵魂
或宰割我的思想

10

剩一只腿
或剩一条胳膊　或者
只剩一只眼睛
我也仍是一枚弯弯的月亮
在夜里
在沉寂得没有任何歌声的夜里

徐徐地向大地
吹送银灰色的深情

11

祖国啊
在我姥姥的爸爸的房前
你像那棵大槐树
根深叶茂
勇猛无畏地长到今天
在我的眼底
伸着常绿的枝叶
覆盖夏夜的虫鸣

12

那是多么令人神往的交响啊
像灵魂的歌声
使我们冷静的表情动容
岩浆的嘴唇颤动
我的牙缝不得不幸福地发出
快感的轻哼

13

祖国我亲爱的祖国
在我呼唤和思念的自由里
你绝不是我的情人
不是俗味十足的流行小曲
你是我的欲罢不能的事业

是我打不尽豺狼决不下战场的决心
是我还未死掉的身体
是我的所有懒惰
导致的一块又一块空白的土地

14

农人啊　我们
我们在我们的村子里生儿育女
劳动永远被我们拥有
而未来永远是不间断的劳动
儿孙们像漫山遍野的庄稼
用自己的枝叶抚摸着自己的天空
天空像灵魂那样开阔
灵魂像大地那样奔放
漫山遍野的庄稼啊
用自己的身体表达着生存的自由

15

那本来就是奔放的土地
生长着的奔放的庄稼　我的
庄稼啊　你飞旋吧
不是种下收起
就是收起种下
一代又一代人崭新的理想
在这重复中微微地闪着红光

1989.12　北京

云游的红兜兜

大红　谁会从颜色的内部开始回忆
谁会从童贞的记忆开始追问

——题记

1

蓝梦迸出辣辣光芒
光芒，光芒一如哑语
哑语意味无穷
无穷的声音和无穷的颜色
冷冷地漫过人们的猜想　大红
大红。是大红省略具体的事物
漫过冬耕的镢头，春播的手掌
进入抽象。在抽象的广阔天地
人啊　不正是一群蹦跳的蛐蛐儿
逗着的大红兜兜

2

只有少年
只有少年能够切肤地感受这触觉的
奇异　他们在野草茎叶撒上笑声
任阔野捧起天真的幻想
也任我的回味在其中激荡　大红

大红　童年记忆中的大红兜兜

在所有厌倦的心空铺天盖地

如大风起兮　江涛怒吼

在漫天的大红之上

先进一段即兴的舞蹈

后入一节欢蹦的音符

你回忆你深刻

你想往你云游

无边无际的大红兜兜

随你扬起灵性之旗　挥舞

挥舞　你的想象挥舞着你的想象

你的想象　是最本质的象征

更何况你面对的诞生

是红若鸡冠的一声声啼哭

3

在根本就不存在的未来

它山摇水荡。摇着鱼尾下的航线

荡着鱼脊上的惊险

自由自在地游动

使水成为风。使风成为你

你的所有想象与回忆

都成了你的山山水水

而风在其中穿梭成悲泣

阳光从悲泣中放射光芒

悲泣灿烂辉煌

往事不动声色　大红

大红　多少代人童年的大红兜兜

在你合目想象的刹那之际

出现了。大红
令人眩晕并感到热血灌顶的大红啊

4

没有风。大红却飞舞起来
没有声。大红却喧响起来
你站在我面前没有动
我却感到了　你灵魂深处的大恸
表情早已没有意义
沉默都显得张扬
谁在仙游童贞的快乐
谁在体验劲射的快感
在大红的内部
谁在追寻大红兜兜的蹦触之疼
你坐在触疼之中无视目的
我站在触疼之外蔑视结论
一样的无情
两样的真理

5

现在，行云流水的我
在行云流水的心灵深处
追求一个行云流水的过程

你呢？你的过程在大红深处漫游
没有窒息　没有阻挡
你自由自在　你随心所欲。而我
只要你让我去干我想干的一切

我就是你最听话的孩子

6

孩子啊
翻开眼皮你可以看清面前的一切
合上双目你可以省略所有的景物
在钢铁拼合的四季之中
可以铤而走险
也能够安度晚年

在我。我永远面对庞大的无奈
想象无奈的颜色　红的
大红的　有无数种红
无数种红　隐藏那唯一的红
童贞的红　你在哪里
你连童贞的颜色都想不清楚
你还说你是努力的吗

7

我是咬牙坚持这种努力的
最后一个人。在金色阳光的覆盖下
动用身体的每一个部位
表达每一个细胞里深藏的激情
你会不会欣赏这一触即通的境界

为一句话拔刀相刃
为一句话握手言和

这翻脸的往事像深层的现实
甚至没有养育一只蚂蚁
一朵蔷薇。蚂蚁们在你的关怀之外
自由繁衍。蔷薇们
在你的沐浴之外　处处盛开
它们纯真地表达着这个世界
给予它们的　最美妙的感受

渺小得自由
也自由得伟大

8

在全人类共度的情人节
谁在亲吻不忍回顾的往事　大红
大红　谁会从颜色的内部开始回忆
谁会从童贞的记忆开始追问
理想遇到现实　人走到绝境
哪一个是刚强的
哪一个又是完美的　大红
大红　我们的大红兜兜
你能够　在漫天的飘舞中回答我吗
我能在你的内部
找到我从未被玷污的情人吗
我所有的一切　都是速朽的
连同幻想。你的一切
你的大红，你的大红兜兜
你的飘舞灵动的一切　都是永恒的
我恨你的恨　也是永恒的啊

9

野草莓。野草莓
酸酸的野草莓　青青的野草莓哟
你是否记得　那洁白莹丽的贝齿
它从你的身上切过
用最美妙的轻柔将你翻来翻去　翻你
翻你　你被它翻来翻去
你不记得　那柔软的翻来翻去吗
它翻你它翻你呀
你应该记得它翻你的　那个美妙
你应该忆起它将小小的你
整个含在心里的　那个柔蜜之躯
你忘了吗　你的鲜酸刺激了
它牙根下的爱怜　使它一想起
你鲜稚的样子　便在几十年后的今天
下咽一种液体。你不记得了吗

10

一个人对自身最稀有最深沉的记忆
莫如野草莓进入口腹之后
感觉到的　那种鲜酸的大红

那是大地捧给你的血
也是泥土对童贞的深情　通过
你的品尝　浩浩荡荡
铺天盖地　向你的记忆走去
无穷的声音和无穷的颜色
漫过来了　漫过来了

所有人们能看到和不能看到的地方
都是浮动　飘扬的红兜兜
红兜兜翻动金色阳光
金色阳光翻动红兜兜
红兜兜浮动在蓝天
蓝天浮动着向上的红兜兜
向上。向上。在大地之上
一件无边无际的红兜兜　浮动
飘扬　在每个人眨眼间的回望之中
凝作一枚　野　草　莓

11

在这个世界上
敢于　并能够蔑视语言的
只有野草莓
野草莓就是伶牙俐齿
所有伶牙俐齿　就是野草莓
它饱含着英语。俄语。意大利语
和西班牙语。等等。都无法表达的
绝望。野草莓通体透明
野草莓华光闪烁
一个灵感进入了野草莓
就是一个人戳破了大红的柔肌
热血之浆即刻奔涌在天地之间
和所有灵魂的大红深处

12

现在，我在热血之浆的推动下

追逐针尖上站着的　数亿声啁啾
在啁啾与啁啾的间隙之中
游龙画出激情的跑道
没有终点。随时可能一泻千里
也即刻可能溃不成军

在古罗马的旧战场上
半跪着的将军呓语不止
仿佛。仿佛上帝说需要光
于是就有了光。光捧着啁啾
啁啾在光的怀抱中透明而又纯净

我的大红，我的大红
我的大红兜兜
你不飞舞在透明纯净的天空
还飞舞在哪里

13

在一朵翩跹的彩蝶的内心世界
大红的瀑布如云横空
从东到西　抖动着芬芳的大自然
触碰壮硕的农妇
渴饮劳动的夯歌
幸福地奔跑在小白兔的脚掌
奔跑在一只蜻蜓飞出的旋律之中
你不感到瞬间是辽阔的吗
你不觉得想起自己是多余的吗
它使你对辽阔的感受归于渺小的瞬间

它使你对大红的记忆归于红兜兜

为此，你没有发现
你对生命的想象是刺目的　鲜红吗

1989.4.3　兰州
1992.11.27　北京

自我以外的往事

全天下的想象都是对抉择的想象。
抉择皮厚如墙坚不可破。
破。破。
你不破他破他破不了她破。
想象。想象。
对抉择的想象凝聚了人类全部的精华。

全部的精华不是千手观音。
千手观音似风。
风似千手观音。
从东方压过来，抉择。
从西方压过来，抉择。
石滚轰隆。
大地轰隆。
轰隆的抉择。

黄烟万丈的抉择。

红腰鼓的抉择。

咚咚。咚咚的抉择。

否定。否定。春天的否定。

夏天的否定。

否定的否定。春天的春天。

夏天的否定之否定。

死寂的死寂。泪水的泪水。

滴落下来的过程的过程

以及落地时的泪沾地。

以及地沾泪水。

地抉择的结果是结果的结果。

泪水抉择的结果是结果的结果。

我在大枣树下的抉择是我个人的历史结果。

结果凝聚了过程。

过程结束了结果。

结果早于过程。

过程在学走路。

结果在死亡终点等待。

跛着走来。

是走来。

爬着过来。

是走来。来是必然。

去是结果。

所以秋天可恶。春天动人。

所以不要结果。

抉择无结果。抉择梦。

抉择永不醒来或者抉择永失我爱。

就这样好？还是就那样好？

抉择。抉择无语。

是抉择有无数个结果。

你摘还是我摘。

我们不摘就挂着。

就等着纤指摘。

等着玉指摘。

等着贼摘。

等着巨人或者伟人来摘。

伟人不摘凡人摘。凡人亿万。

亿万个抉择有亿万个摘。

亿万是表现。

摘是实质。

实质抉择是生命的抉择。

我的生命不属于我。

我的生命属于不属于我的人。

它不死我就不死。它死我死。

它不死我的抉择不死。

它死我的抉择亦死。

死是结果。结果永生。

我亦永生。

永生是我之外的一种圣洁的思念。

是我之外的一种疼痛难忍。

是与两年前两千年前同样的疼痛难忍。

一样。所以不一样。

不一样。所以

四散八荒。四散八荒是永生的面。

而我是震中。

我被震。就是震被我震。

我所以地震是因为我不能忍受。

我震。

我在我心灵深处大震不止。

房倒屋塌。江河泛滥。

精神崩溃。彻夜难眠。

长夜或者白昼将尽。

都是对噩梦真细的金丝想象。

全天下的描摹都是对噩梦的描摹。

我们对噩梦的描摹才是对我们最艺术的描摹。

我们无技巧。

我们提一桶红油漆倒在悬崖的头顶。

悬崖被我们倒上油漆。

油漆被我们倒上悬崖。

我们与悬崖油漆进行人与物的三角恋。

我们恋漆？漆恋我们？

漆恋悬崖？悬崖恋漆？

我们倒漆。漆倒悬崖。

红漆灌顶的悬崖在阳光下格外耀眼。

而你穿上真丝素雅青罗衫在我眼里妖美如水。

妖美如水。你如水。

我心便如水。

水永远不老。

你也永远不老。

不老的水在不老的心里哗哗啦啦欢蹦乱跳。

所有的欢蹦乱跳都是噩梦的欢蹦乱跳。

噩梦无边无际。

噩梦吞噬一切生机。

一切生机之所以是生机

是因为生机永远都在噩梦心里。

噩梦因此博大。

你因此憔悴弱不禁风。

所以我拒绝醒。所以我是诗人。

所以我不得不醒。所以我是凡人。

诗人加凡人等于鬼。

鬼在夜里叫喊。

你可以想象那是我在疯狂地叫喊。

口吐鲜红。悬于前胸。

红须三千丈。

挽结而行。

下江南走云桂闯戈壁进西藏。

梵语弥射音符。

音符有膻羊味。

我记得你讨厌这种味道并且拒绝品尝。

你不沾邪。

邪不沾你。

你额头圣光潋泽。

我记忆越来越清。

鬼是明白人。

明白人是鬼。

我一会是人一会是鬼。

半人半鬼的我在历史以外的现实做梦。

梦接近历史远离现实。

现实转瞬即成历史。

而历史是梦。

梦却不是历史。

历。史。不。是。人。

往事是诗人的深度。

我的深度是我对自我以外的往事笨拙的开发。

我开发一切往事。

往事如烟。

我诗如烟。

往事烽烟四起铁甲隆隆。

我诗亦如烽烟滚滚铁甲纵横。

善良被辗碎。

于是真诚就被辗碎。

虚伪辉煌灿烂。

于是邪恶盛开鲜花。

你不会去采花。

那么我就去采。

就采一束颤抖着双手仍不敢献给你。

你使邪念恐惧。所以你孤寂。

我恐惧美。所以我孤寂。

孤寂与孤寂并行。

你可以看见我。

我可以看见你。

我们看共同的时光。

共同的时光看我们老去。

也看我们眼中莹莹闪动的纯洁。

纯洁的欲出因此是稀有的涌动啊！

1991.1　北京

活到黎明

对有人关心的探讨

径直走到桌前
翻看你的信件
好像很随便
　　拨弄着
　　眼睛恐慌地拨弄着

看见你来了
便问你
　　听说你病了
　　好了没有
他想从你的脸上
看出昨天夜里
他干的那件事情的情景

但是很遗憾
你的脸上什么也没流露
还像往日那样
淡淡地笑了笑

有时候想守住一点什么真难
对于警觉很高的鼻子

你不小心用错了香皂
他都能够发觉
更何况
更何况你想深藏起来的什么了

会有一种关怀
像影子一样跟着你
会有一种坦率
比阴谋更可怕

所以不得不偷偷地做
属于我们自己的事情
我们在我们的困境中
享受没有任何办法的快乐

拒绝关怀
讨厌坦率

要手有什么用

要手有什么用？

人说你是小偷
你的手有什么办法
人说你拐卖妇女
你的手有什么办法

人说你神通广大
有哥们儿、死党
你的手有什么办法
要手有什么用？

你的手如千手观音
胡乱地伸着挣扎的指头
拨不动一根心弦
弹不响一支心曲
嘴大张着
发射没有任何穿透力的子弹
手无望地伸着
伸进高空抓不住一片洁白的云
像不被承认的弃妇
孤单单地走在人流如潮的大街
像寻找回家的路一样
寻找安慰自己的语言

要手有什么用？

生一个女儿

现在我还没有妻子
我想　我应该想办法
生一个女儿
教她爱上优秀的男人

当我猛然看见海市般的女儿
你呀　你不知道我有多么难受
不知道我为什么哈哈哈地笑
不知道那笑中渗进了多少酸楚
我不知道你是谁
不知道你是男人还是女人
我不知道你窗上的剪影有多么孤独
会不会为自己石头一样的心而落泪
总之，你不知道我是多么感激你
我在噙不住泪的时候
常常会盯住自己的影子一动不动
不知道你悟出过没有
失落很容易产生
而绝望却不是人人都有的
特别是生一个女儿
教她爱上优秀的男人

总而言之，得往前走

意识到没有路时
先是望着天
想起做学生写作文时纷飞的想象
就有一丝笑意掠过嘴角
四野八荒寂静无人
有人的地方没有插足落腿的平方
一阵冷风拥来

抱起了远征的热望
然后又放下地
像妈妈抱妹妹那样
轻轻地对她说
学着走吧
别总要人抱

我的热望
她站在风口不停地张望
没有一只手
能给她力量的启示
没有一个眼神
能暗示出前进的方向
但
是
总而言之
得往前走
虽然很多心扶着她
走进了花海的草原后
连头都不回
她心里很难受
特别是意识到没路的时候
她的眼里蓄满了泪水

天上的白云
不会为我擦去泪水
流——流吧
不是说深潭很似情人的眸子吗
流成顾盼的神情让人相思

让人在赶不走的焦躁中
慢慢地沉静下来

1988.4　兰州

热血流程

古诗境界·从军

弓脊
时间在瞳仁里流泻
月光的瀑布
挂在白头母亲的嘴角

月亮下
空无人迹的村前
狗咬着枯树枝头的乌鸦
不忍离去
抽泣声飞出耳膜
盔甲上的红缨子
摇晃　风
一动不动地吟唱

踏上揪心的路
迈进死不瞑目的谷
揣着悲愤
牙碎如粉
顾盼流进金色瀚漠
无声无息
唯英勇之姿曝光

显影于无人之境

疆土永固
国泰民安
尸骨倒毙于阳关门外
思念于布衣人心间冲出平原
没有一座峻岭
不配备一架鞍鞯
没有一颗星星
不磨亮一角铜戟
渴望牺牲
憎恨埋没
浪笑于刑场最是甘甜

我在两千年前的梦波里
看见一群军人
他们被风沙掩埋
只露着一团发髻

论持久战

八面有黢黑的枪张着嘴
夕阳残照
惨景于幻翅上起飞

引忍作地下江河
汹涌奔放于视力不及的蚯蚓体内
蠕颤　转体一百八十度
爆发力无声无息
进而跃上生命之树
俯视大地
一片辽阔的苍翠

时间于枯荣之中
雕刻山的峥嵘
看云　看星　看自己爬动的足迹

一张讨好的脸
似泥土
埋着地雷
横飞的弹片削铁如泥
但地雷战　需要等待
有诗云
苦苦的，是等待
甜甜的，是等待
等待一颗雷
炸碎万恶不赦的等待

沉默的是轰鸣的
危险的是安全的
我寻找
无言的对手

再上战场

再上战场
显得沉着老练
恐惧撤退
渴望不紧不慢
我觉得
你已经是一位老兵了

子弹即将飞来
在心壁隐隐回响
花蕾　只在特定的时刻
盛开真实的笑容
敌　人　在　哪　里？

反正会出现
反正会红着脸羞赧地望着你
反正拥抱的时候
不会像上次那样
战战兢兢
扣不动扳机

射出那一串白炽的子弹

来吧！你在心里高叫
上次鏖战没有牺牲
说明没有被人恨死
没有与炸药包内的感情同归于尽
你焦躁不安
说，不在战场上冲锋
算什么英雄

我深深地理解
你骨子里窝藏着的
那只好战的猛禽
在无可奈何的等待中展翅
在严酷而又冷漠的高处俯冲
大地上的植物都在暗示
战场即将出现
敌人即将出现
你像一位身经百战的老兵
抬腕看表
然后向厕所走去

防范透视

不该获得的全获得了
这个人
像机警的动物

在人生的大草原上

不知道什么时候

会闯出一只有棱角的手臂

不知道什么时候

会蹿出一只打劫叫吃的饿狼

瑟缩成神秘的一团

在深草丛　在浅草坪

把警惕伸进人心

起伏着软体的骨骼

没有既定的目标

没有始终如一的信仰

为不该获得的付出青春

为防止丢失而出卖爱情

在人生的大草原上

有人茫然四顾

为什么偷袭的动作总是拐弯

而足以唤起激情的伤害

又偏偏不来

抚剑长嘶的汉将军早已入土

郁积的不满冲出书生的诗篇

在俄罗斯的土地上

那位姓高名尔基的海燕在号叫

我们没有变成暴风雨

他在十月的枪林弹雨中振翅长空

渴望挑战

拥抱进犯

打不死灭不了的都是风流少年

该获得而全没有获得的
这个人
用不着防范

一种境界

你们全都变成
惊弓上的鸟吧
我的视野瞬间开阔
面壁而坐
依然能听见
来自不同方向的声音

我不相信
声音能将我钉在十字架上
不相信
灵魂能被风化

望着墙上倒吊的兰草
它伸展出的姿态真实动人
我的姿态　我想
肯定与世界上所有的生命都不一样

从这条漆黑的走廊摸出来
又摸进另一条漆黑的走廊
我确信自己的眼睛

已经能够从洞窟里
发现道路

你们全都变成
惊弓上的鸟吧

都市月下与月下边疆

一双眼睛
俯视
左转　红唇眨成紫唇
右转　烦恼幻为深情
两张风景
铺在一块透明玻璃下

月亮　于灵目中欲飞
就着迪斯科的颤抖
白色大腿在红色鹰嘴鞋支持下
摇着快活的狐步舞
呕吐　废话止不住狂泻
金钱闪光
女人媚笑
遥远的地方躺着寂静的戈壁

有一千种活法
就有一千种模样

有一千种向往
就有一千种神情
怎样选择
都很逼真

一弯月亮
两种风景
你说　都市月下不能容忍
他说　月下边疆自讨苦吃
可要死要活的醉鬼没人嘲笑
而铁打的营盘有流不尽的兵

1988.5　兰州

兵戈之象

遗址上的蚂蚁

我能从偌大的遗址上
找到和平共处的蚂蚁
黑色的　咬着某种食物的蚂蚁
不会说话　谁能从这宁静深处
看出变幻的世界　谁能从这变幻中
抓住人生的某一种机遇
没有声音的天空轻拂着大地
大地潜藏着古人残留的信息

在遗址上　我看见了黑色的蚂蚁
它们为了生存
仍在原始社会艰难地爬行
爪子抓住更小更小的土粒
更小更小的土粒因它们的重量
有了普遍的意义
承受是不变的现实
而前进是顽强的意志
在更小更小的土粒之上
我们能够看见小胡同里的老人
能够联想起西部土屋中木讷的妇人
以及奔跑的孩子

和深邃一如我黑洞般的眼睛
在更小更小的世界里
有人唱茫茫人海终生寻找
洪亮得接近宁静
在谁也看不见的苦难深处
蚂蚁　黑色的蚂蚁爬了出来
逼现牧歌悠扬的旋律
如灿烂的白云
令诗人我忍不住一阵痴迷

宁静因此轰轰隆隆
蚂蚁更加渺小　而遗址
而遗址如路标指着和平共处的蚂蚁
作秋风无诉的痛苦表情

关键时刻写实

放松　放松
放松之后就不会失眠
孩子　放松
放松　放松之后夜就短了
而你就会真正走进白天

白天不会说来就来
夜晚也不会说走就走

所以许多时刻显得伟大而又壮观
英雄们都是在这些时候
偶然亮相　当你
当你遇到这种时刻
亮相是没有意义的　孩子
紧张也完全没有必要
孩子　对于一个士兵
扣住扳机是重要的　而后
就是切记要耐心
耐心像你的未来
它在你苦挣苦熬之后
对你一笑
你永远也不知道那笑意
意味着什么　永远也不知道
永远也别想知道

所以关键时刻显得恶毒
平凡岁月看去崇高
而你作为孩子
它们仍然不会饶恕你的无知
说那顶钢盔
那顶绿色的钢盔
是应该放在脑袋上而不是
挂在枪上　你能说什么呢
对于关键时刻
你失足的腿
构成了铁青色的障碍
大队人马全都顺利通过
而你无论如何也别想过去

你哭吧　孩子
孩子　你哭吧
你不肯哭就说明
你不肯将泪水交出来

三月一日：某种武器的生日

我被无数张手抓过
无数张手如今又去抓其他东西
其他东西不会像我这么痴情
这么痴情地记着一张柔弱的手
今天是正月十五　同时
也是我的诞生日
我在武器库的最深处呢喃
念叨着那一张手
重温着那一张手抚摸我时的感觉
我知道那与职业和爱有关
与血的升腾胆的想象有关
我的钢蓝色的皮肤
感觉到了深刻的力量
在时间的前沿坑道
我被它握着
被它紧紧地握着
我知道我是替它抒情的武器
当我被它扣动

并瞄准了目标
它便在我的咆哮中失去理智
完全接近酩酊之后的诗人

我爱那张手
你不会反对吧　在我诞生了
三十二年之后的今天上午
我又想起了那张手
它曾捏着笔
替我抄写过布封①的散文

兵戈之象

没有理由怀疑古城之末
不躲着黧色危险
是黧色　它们在城的拐角
嘀嘀咕咕　而后
抱成一团　誓言铮铮地称兄道弟
研究出击的问题
和弹道经过的空域
我因此看看天
看看城中央的广场
广场上和平鸽在自由漫步
电线杆上挂着坠落的风筝

---

① 布封：法国著名散文家，有散文名作《马》《天鹅》等多篇。

我知道我什么也看不见
但是我仍然想看
于是就看了
就看见梦在打着现代战争
而人却在古代里你争我夺
我不知道我的一切
根本就制止不了任何行动
却挥舞着双手
表演无知的善良剧目

我告诉我的部队长
我是从对面的镜子里
发现这一切的　他什么也没说
盯了我好久

金属声

我们应当欣赏这种声音
最好睁开想象的眼睛
看看工厂振臂一呼的烟囱
并想起刹那间陷落的都市断壁
想起傲慢的轰炸机机翼
使圣洁的爱情
无时无刻不被一只手撕扯
在那个面壁驰思的雨夜

看见坦克在急转弯

绿光闪烁的机枪被压扁

堑壕张开欲望之壑

高低杠上肉色的钢铁自由翻飞

而我们的心跳

便随着马达的起动急剧加快

尤其到了晚年

由于这种声音的不断入侵

我们便越来越对宁静的湖水产生恐惧

对风雪西部产生向往

铁血澎湃

骨子里那只野牛要冲将出来

猛撞岩壁

与死亡肉搏

一任自己蒿草般的白发

在这种声音的吹奏中颤动

未觉黄昏已逼入眼前

却依旧在期待着这种声音

分分秒秒

年年月月

并且合目入梦

依然如此

军人们啊

南京大屠杀后的灿烂阳光

那天的阳光充满了灵性
它们在天上自由自在
一如帕瓦罗蒂或多明戈的歌声[①]
追随着一种理想般
向穹苍的耳膜撞去

云海灿烂得一塌糊涂
一塌糊涂的阳光
在洁白的云朵身上
镶边似的闪耀
闪一种亮亮的金橘之色
而后搂住整个天空
所有的云和所有临空的翔物
都做了路边摇头晃脑的野花
它们对它媚笑
丽眼儿布满天空
比之一闪一耀的礼花的缤纷
更能触动人的感情
这之后的南京
便有千双万双死不瞑目的眼睛
他们盯住了这之后的天空

----

① 二人都是世界著名美声歌唱家。

以及天空中洁白的云朵

被阳光普照的情景

他们要说什么

他们能说些什么

军人兄弟

你说　你说

而此后的若干年中

天空飘着无韵的人声

1991.3　北京

红色狼嗥

偶念新兵连时吃过的白菜

多彩的河水
灵感一般涌出胸膛
我想起大白菜在军用的大号铁锅
舞蹈时的姿态　很生动
在颅腔　它们被盛进菜盘
新兵们齐刷刷的注目礼
是冰凉的　我注意了那金色的目光
夹杂着的失望和失望中
飘出来的黑色忧伤
像夕阳那样布满胸宇
所有的空间　而且
伴随着我至今也讲不清楚的滋味
在我的胃中嘀咕
发表对伙食和司务长的看法
是那种寡淡透青的沉静
而且还不熟
还放了过量的盐
失盐的肌腱是有过一阵欢喜
沉静因此于内心深处悄悄爬升
经过半生军旅岁月
便如那幽楚明亮的目光
在我的眼前晃动　仿佛

仿佛大地种满了白菜
我获得了菜农的微笑

红色狼嗥

我目前还来不及
将一声声鲜红鲜红的声音
哪怕一丁点一丁点
遗忘　在我有生的未来的喘息里
它们是充足的　一片一片
燃烧的草原　我这下辈子
什么都缺少
唯独不会缺少鲜红
它们像旌旗那样
飘扬在中国西部的戈壁上
那些属于我
和　我的名叫赫建宁　高书敦
以及崔高社　赵定康　陈雁忠
还有张哲　康广亮　向平阶　等等
等等战友们的眼瞳
他们　被那种叫声
叫出或许是恐怖的颤抖
在蛇形的小分队的整个夜行军中
他们　也就是我们
我们手拉着手

并且按方位角行进
却怎么也走不出
那种红色的嗥叫声
我们便齐唱《东方红》
便用唱红的喉咙
与狼嗥
进行格斗　而且
始终手拉着手
手拉着手

兄弟　我不会忘记
兄弟　是
手拉着手
　　手拉着手

演习片断

这些钢铁被意念指挥
碰撞出火星和闪耀的云团
尤其是夜　是
黑幕下一声又一声
开心的通红
在我们参观台上的望远镜里
冲我们微笑

我们中的一个

就是蓝色的我
我想起了心爱的妻子
那孩子般的眼睛
肯定被激动
肯定拍着手叫好啊好啊
我因此痛恨自己
找不到准确表达这种情境的语言

这情境
这情境幻化为妻子的叫声
在今夜
在我相隔妻子千里之外的地方
突然冲出记忆
并浮现在眼前

某位军人的梦

现在　我请坦克的坚甲
辗过我的稚梦
它太美好了
美好得雪白
莹莹水灵　像一张
小白脸　除恋爱偶获成功
对于历史　和宽阔的大街
毫无办法　我
因此看着它的履带下

一瓣一瓣被辗碎
并将耳朵伸过去
聆听它成泥的整个过程
然后　坐下来
将双手握成一对惊叹号
对着空洞的四野
上下有力地颤颤
不用语言
便感到坚定了从军的理想
在炮火和野营的生涯里
我弹吉他
做引体向上
唱说打就打　我知道
自这一刻起
我所做的所有的梦
都生满了长而尖的青牙
我不知道
它会咬碎哪些王八蛋
并使他们知道
哪怕是我的梦
都是惹不起的——假若
你是我的人民的敌人

记住
这不仅是呓语

十五斤梨

我曾在土沟的摸爬之中
强烈地思念过它　我的四肢
和我的胃以及我的大肠
我的皓齿　都思念过它
我几乎是用我的所有的思想
思念过它的重量　多汁的
利齿的　偶尔咬到核儿
便有一股酸得两腮生津的敌人
袭击我的牙齿
在思念它的日子里
我想起过童年厌食一切水果的
那副讨厌的样子　想起过
白色如雪的梨花　她站在梨花下
把鼻子伸向低垂的花蕊
我闻到嗡嗡嘤嘤的芬芳
并被偶然的走神儿
吓了一跳　梨
　　　　　梨
　　　　　　梨
我在平静的营帐里多次想起
梨　想起它多汁　甜蜜的脸庞
嘴不由自主地张了开来

也许是在梦里　一口一口地咬它
那滋味儿那滋味儿
那滋味儿人生只有一次
并且在嚼的时候
还有咔嚓咔嚓的音乐伴奏

给西北一座无名的山

我只记起它某一部分中
给我印象最深的一部分里
一棵怪模怪样的树　当时
它的绿　庸俗得与任何树上的绿
一样　我差不多要走过去了
穿军装的程程　这时
抚摸了它躯上的一个窟洞
我便驻足　便静静地将目光
伸了进去　很干燥
有许多蚂蚁顺着我的目光
爬进我的心里
我于是烦躁　于是用一种
火舌的声音
舔着程程　活见鬼
走吧　他说　走吧
我们便走了
一走就走了十二年
十二年后的今晚我想起这座

无名的山

总觉得那次摸点[①]

摸到的蚂蚁

仍在我心里横着爬行

使我不得不回味这棵怪兮兮的树

长在这座无名山中的意义

尤其对于我

这样的军人　可能是这样的

一段　抹不掉的经历

空　袭

只有那棵树是物证

还被拦腰削断　远的山

和垂直如柳的雨丝

构成迷茫的视线

望　不　见

昨天　昨天刚刚被

咽进肚里　被血液之波

冲濯　父亲

和父亲的战友们

在猩红的弹坑里

捡起一只腿

一只五个指头的手丫

在尖厉的狞叫声中

[①] 摸点：侦察兵平时训练的一个术语。

颤抖　枪已经哑了

人的眼睛红了

在隐星悬月的天空

我想　我永远也想象不出

欲射无弹的真挚情感

不知道

我为什么酷爱军人这个职业

不知道为什么要来这里

看那棵残枝的树　远山

以及刚好有雨的天空　不知道

天空与我的头

为什么此时用雨水相接　尽管

不是咸咸的泪水

在八和十的中间

报数的时候

我报的是九　九

在八和十的中间

是那种黯哑的沙子的味道

也硌过牙

也磨过肘

但是感觉真实独特

虽然班长没说什么

他经常牙疼

双肘上有厚厚的茧子

那种滋味

肯定是一枚尖锐的钉子

被他裹进肉里

也被八和十夹在中间的感觉

他们假装不理睬我

我也假装不理睬他们

他们走正步一二一

我也走正步一二一

反正他们是八或者是十

而我是九

是刚才消失的那种属于我的声音

班长他没有办法

八和十也没有办法

不正视这个平淡的事实

我古怪地笑了

没让任何人看见

五星境界

……中尉与上尉　或

少将与中将之间

那在阳光下

反射光芒的五星

是一个境界的象征

是五个角向五个方向
伸出的衔职的差异
是少将挥手
蜂拥的士兵像音符冲锋
是大将踱步
八个中将晃于月下的身影

所以你看看我
我看看他
他看看你
你最后还得去看
那颗五星
那颗五星就是你
和他　和我
和等待的坦克群
凝固的天空
唯一的意志
是姓军名人的一列列方队
是双腿锻造的蓝钢色的道路

是一个境界的象征

那天你讲起伤心的事情

很多地方都很相像
包括她回信的语气

和使用的语言　像极了
所以你可以轻易地看到
我动容的表情
以及长久的沉默的嘴角
为你的那一段恋情
也为了自己　我们
终于还是什么也没说
我给你递上一支香烟
你为我划火点燃
我深深地吸了一口
你也深深地吸了一口
极静　像默哀一样
我们在黑暗中送走了昨天
又在无痕的岁月里
你递我一支香烟
我为你划火点燃
无论在躁动的矿山
还是在龟裂的大地
自从那天你讲起伤心的事情
我们的情谊便省略了许多语言

1990.6　北京

杂草朝天

背　景

所有故事的主人翁
都被它含在嘴里

它的口腔炎
正在溃烂　朵朵糜腐的鲜花
像黄昏云罅中挤出的束束微波
缓缓地讲述着恶毒的大海

主——人——翁——们——

在海上
在一朵硕大的花上
闪耀着晶莹的阳光
使遗忘覆盖一切

于是被咀烂　被
毒液裹着咽进腹宫
汗疼得冲出皮肤
痛苦像感冒到处传染
所有故事的主人翁
都被它含在嘴里

指　头

黑色钢琴　白色琴键
肉色的指头欢蹦乱跳

蹦上岸丛的鱼
在眼底慢慢平静
平静的水
和平静的岸边的高脖颈的紫花
在小风吹过的涟漪中
摇着那无人的长椅

理查德走了
海明威踏浪而来
仿佛　仿佛故事重新开始
在那潭碧波中
音符骤然间响起
寻找钢琴
和白色琴键
　　　　和指头
四野无人
无人便无阻碍
　　可以自由奔放

渴望的历程

淡淡的酒香
使花瓶注满了深情
鲜花即刻伸瓣
捧起我花蕊般的眼睛

你飘浮在草坪上
像柔软的水
在我的周身循环
而拍岸的惊涛
在你美美的呻吟中
慢慢退去

我的渴望因此而缺水
所以根越扎越深
最后从你的记忆长出
长成一棵挥不去的常青树

我的故事

你干脆想象吧
1986年我在西北戈壁
吃着风送来的黄沙
咀嚼着没有一丝温暖的日月
能干些什么呢

你可以想象我面壁而坐
一坐就是一上午或者一下午
或者整整一个通宵
血丝爬进我的眼瞳
而所有的希望溜出我的肉体
我的灵魂在你的想象中艰难地呻吟
你被感动或者你被感染
便轻轻地走近我　对我说起
珍珠河的水　说那水清得让人想死
你就想象着那水　我便抬起了头
是的，你抬头便看见了死神
它对我招手　后对我微笑
我说　再给我一次机会吧
我非要活出个样来　你想象着我
使我真的被你的想象吸引
便经历了一连串动人的故事

和难用语言描述的真挚体验

那些体验像珍珠河的水
喂养着我体内的白色骏马
使我狂野地飞奔起来
就常常忘记了
亲爱的父亲和慈祥的妈妈

愿　望

好吧　我只得被迫上路了
在路上你就会发现
你的愿望在我的急行军中
多次掉队　甚至丢失
你是一个伟人呢
还是一位凡人
关于我忘掉你的事
你是否能够理解
是否能够像过去那样自信地说
你飞吧　我的歌啊
飞到你要去的地方
被你昂扬地唱着
我深深地感到了你的博大
感到天空像怀抱一样温暖
日月像婚誓那样神圣

而你的愿望
像我挺拔的诗句那样
高举着激情和智慧
随我追赶太阳

宁静中的红嘴鸭

那年面对层层碧漪，我对你说：
法籍华人赵无极的油画，就闪烁着
奇异的情绪。你望着那不兴的水波。
一如三峡的望夫石。无言地望到今天。
今天红嘴儿鸭游来了，像我泣鬼神的名句。
你因此而妒忌我的爱人。这我全都知道。

那年面对层层碧漪。

我的水桶哟碰着井壁

我的水桶哟！碰。
碰着你。你墨深的呻吟。
疼得我心尖儿说不出的快活。

碰你。碰你。再碰你。

碰一次一次痉挛，
一次抽搐的呼吸。
你的苔藓滑如润肌千里。
我空着下去，
满着上来。上上下下。
合起来的里程逃不出井壁的围击。

我的水桶哟！碰。
碰着你茸茸的井壁。
洒欢乐的水花，
跌快活的泪滴。

都是水。水古老而又现代。
沿你围壁自我桶腹，上来下去。
上来下去。上来下去。
重复地讲述大地的故事。
使我深情于你，
你告诉我秘而不宣的生机。

我的水桶哟！碰。
碰碎水珠。掀起小浪。
我如踏浪英雄，
每天每夜。碰你。碰你。

偶记三桥

红灯笼使人迷恋。
迷恋红灯笼的老人心里。
有一只红灯笼高举过头顶。
照媚眼儿。
媚眼儿照亮了一条街。
和一个又一个，
卖红灯笼的农人。

红灯笼。红灯笼被高举一个世纪。

岩画及其他

都不穿衣服
手里摇着一根树棒
摇对于树棒上的叶子来说
是兴风作浪
而所有的考古学家
都是踩波踏浪的英雄

是英雄奔走在野莽丛中狂笑
我没有吭声
我等着他们的眼睛
我知道有一种我看不见的东西
自岩石上徐徐飘下
并深深感动了他们——英雄
使他们联想起自己在办公楼里
规规矩矩的声音
庄重无比的表情
我望见他们时
替他们背过身去
我觉得他们那微微颤动的肩胛
英雄的肩胛
像蠕动的大山
雪崩没有发生
说明我和他们都不会埋进圣洁的雪宫
我们就这样面壁而立
耳边冷冷地回响着穿越世纪的呼啸

都不穿衣服
都没有隐私
他们在纯洁的古代寻找理想
并被一幅普通的岩画深深感动
我还能
不洞察这一切吗

骑　行

弓背骑在自行车上蹬旋转的大地。
蹬旋转的瓦圈上。
烁烁光环的微变巨幻。
我不会眩晕。唐古拉。
唐古拉。我是骑行者。

雄鹰在白云之上盘旋。
俯首。我看见自己。
在大地与瓦圈的亲吻之间喘息。
远行的朋友，
可看见隆冬的早晨
一团一团含温裹热的一推一拉。
看见一推一拉的团团白色，
在西部的大地上渐渐消失渐渐消失。

而我没有消失。唐古拉。
唐古拉。你在我眼里
越来越庞大——美丽绝伦的唐古拉。
你越来越庞大越来越庞大。唐古拉。
你看见我死在骑行的路上。
唐古拉。死在唐古拉渊深谷壑的肚脐里。
唐古拉。像一只蚂蚁。

散　步

几何中的对顶角。
角斗场中的斗牛和斗士。
人吃羊和羊被吃。
谁有什么办法？

什么办法能替代这种办法？
这种把散步当做气功师运气。
把住院当做勇猛的人生。
谁有什么办法？
这种坐以待毙的等待。
默不作声的忍受。
和张牙舞爪的挣扎。
不明真情的赤诚。
谁有什么办法？
什么办法能替代这种办法？
老庄是红军或是蓝军。
克劳斯是蓝军或是红军。
他们躲在两本不同国籍的著作中
请我选择。
我四顾茫然
而意志坚定
选择

是从迈步开始的

寻找烽火台

谁在找我？
告诉你
我早已不是
你遇到危难时
最先报警的那一柱狼烟了

现在我站在辽远的地平线上
感到左肩上有一颗太阳
右肩上有一颗月亮
时间说
我是长在太阳与月亮之间的
第三只眼睛

所以我会冷笑
会用最凌厉的语言抒情
会沉默会矜持
会
宁死不屈地汇成塞上风景

还穿着旅游鞋
来找我吗

任　人　欣　赏
我从一双又一双寻找的眼睛里
看见了
自己残破的心灵

边　墙

腿上的墙
随着迈开的脚掌
不断延长

你走不出自己
所以边墙还很长很长
还有很长很长陌生的道路
亲吻着你的脚掌

你的脚掌
你坐下看看
许多沟坎
都意味深长

我因此主张停下来
停下来抚摸脚掌
所有我们自己肢体上的东西
都是我们可以走过的地方

我们走过我们的脚掌
就相当于走过了漫长的边墙
我们冲进了我们的往事
就是冲进了所有的战场

我们的故事
随着我们的边墙
越传越广

孤独的狼

在戈壁上徘徊着
没有一种声音
能够打动它无边的思绪
也没有一种奇花异草
能够拽住它孤高的野心
鼻子多次翘起来
仿佛天上有一种灵气
不肯输进它的胸怀

它开始焦躁不安地乱窜
好像要寻找一点什么
但是什么也没有找到
悲哀的眼睛失神了
心里却越来越亮
它看见了自己走不出的寂寞

黄羊不会成为朋友
兔子也不敢前来交往
而狐狸又太狡猾
老鼠呢？只会干些下流的勾当
谁来听它嗥上几声呢
没有真正的认识
和足够的善良
友谊不会生长

因此，它凶狠
仇视的眼睛和锋利的牙齿
齐头并进着寻找欲望
寻找没有知音的空虚
沸腾的血在疯狂的撕咬中
开始冷却
又开始在冷却中恢复不顾一切
与平庸抗争的热血

它，在戈壁上徘徊着
没有一阵风能吹来一丝安慰
也没有一阵雨能洒下一滴欢喜
对着长天嗥叫几声吧
它感激
给了它放肆抒情的壮阔云空

奔放的菜籽

——献给冬雪孕育的新春

奔放的菜籽

在奔放的晴空

是一瞬一瞬的旋转

它们旋转的颗粒击中了阳光

无声的金属般的碰撞

闪烁出奇异的光波

一缕一缕　一团一团

伞状闪射

落进深耕之后的泥土

朴素得裸露纯厚的泥土

被它们圆实而又孕着未来的身子

轻轻黏附　它们热爱泥土

根须生出的时候

它们便与泥土有了母子式的深情

便在纯粹的泥土深处泅游

泅游　海水一样厚重的泥土

在它们飞翔的翅膀上轻轻抖落

奔放的菜籽

在时令的身体里做广播体操

踩着田野轻轻的风

和天空狂骤的雨点和雪片
第一节伸展运动第八节跳跃运动
绿油油的青春之歌
被无言的枝干叶脉热烈唱响

一片奔放的金黄
在金黄的阳光下闪烁金黄的合唱
那是金黄的皮肤与金黄的太阳
于此刻用劲儿一碰
喜泪被撞出　满怀的希望
便飞迸于人间天上

奔放的菜籽
奔放的菜籽
又开始了更新的一轮奔放
它们在晴空定格良久
使我联想起无数闪光的汗珠
在奔放的劳动中
奔放时的自由飞跃

1988.5　兰州

军旅方面

演　习

这是男人们的事

大海翻卷着一种危险
使每一朵浪花都变成了阴谋
男人们感到了不安
妻子太美丽了
热血在担心
担心郁积成一种勇猛

灌注于拉力器
早晨的空气很新鲜
像夜一样
可以擦亮眼睛
使胆子胀圆
拿着生命像拿着玩具
玩出了机智
以及生存的保卫能力

海燕因暴风雨振翅如铁
金属的性格在丘陵上爆炸
草坪上的蘑菇开在了蓝天

美丽的草原抖动成海洋

懦夫这时很像英雄

女人男人化

男人接近了疯狂

全部的过程

培育着不驯的野性

不驯的野性

在口径不一的枪炮口里

吞吐着

参观台上无数望远镜摸着的炸点

然后又摸着暴跳的烈马

做着很理智的表情

理智在这里更为残酷

一棵树

一棵树长着数不清的叶子

每一张叶子都是一个人

每一个人都有一个生命

每一个生命里都有不安分的热血

两张树叶打架厮杀

他流血流的是你身上的血

他脱落于地是你的胳膊或腿截肢
不觉得疼便是真正的疼啊

你生长也要让他生长
他生长是你在生长
你是他的胳膊他是你的腿
你们是一棵树上的两张绿叶

军事机关走廊

死光摸着硬滑的皮肤
在深呼吸
楼外的青草葳蕤成接收天线
无数情报从天上飞来
进入这少女般宁静而复杂的走廊

皮鞋声像心脏在跳动
声震大地
红篮铅笔笔挺地
环楼敲一遍木鱼
五更天了
绝大多数的公民还在梦乡
拉紧窗帘的轿车
驶出哨兵的警戒线

等待

八个十六个方向

走来山岳湖海的音讯

仿佛在接受背叛

又仿佛在迎接恋人

思绪如潮如雷

慢慢地摸着走廊硬滑的皮肤

已失去初恋的焦躁

一根神经突然拉直

人影晃动如风中树叶

繁乱地敲着一扇命运之门

所有现代化智慧和所有

指挥官的意志

顷刻浓缩为一道命令

洪峰涌出

快感和战争一起诞生

坚守阵地

我为你坚守　为你

弹片用锃亮的媚眼儿

在我眼前飞舞闪耀

笑靥一样迷离又动人心魄

堑壕里　躲藏成隐蔽状
不招蜂不惹蝶
我的芬芳全部凝结在心里
不散发
不去弥漫令人沉醉的魅力

带钩的子弹
出自黑眼球似的枪口
向护卫着你的胸口射来
媚眼儿一样　飞吻一样
我的爱人啊　你会不会
这样调戏其他动人的姑娘

我的爱人啊　我为你坚守
死做你的爱人
生做你的爱人

妄想型的精神分裂症患者或战争狂

骨肉无援
志在四方
失节
时光瞪圆辉煌落日
痛哭无声
溅起满天星星

红蕊点点

唤起赤色往日笑颜

怜爱花

珍惜情

仰躺于山坡仍不自由

嘻嘻　嘻嘻

逗诱蝴蝶

蹂躏心愿

向无辜羔羊进攻

砸碎银行玻璃

恨谁　爱谁

静静的无名火

慢慢熄灭

深夜路灯下

想起一个人

咬碎牙

咽下血

战场仍未出现

一跃而起于幻觉

掐死他

撕了他

扯了他

骨髓深处

隐痛弥漫

猛醒的眼睛

望着行人

炮声隆隆滚过心田

葬礼空前
在心上
没有一位亲朋号啕
要开杀戒

等待冲锋

壕沟里
我在等待

那位清清素素的少女
怎么还不来
总攻的时刻到了
树桩子都要冲了
怎么还不来
还不来接住我云头的热望
和担心
怎么还不来

那位清白菜的少女
使我发狂
使我恐惧
一脚门里一脚门外
进不去
出不来

心　在烦躁地吸烟
烟圈飘出了壕外
慢慢消散
消散就看不见
命运看不见我的等待

那位清萝卜的少女
怎么还不来
连长看着手腕上的时间
时间里坐着我的等待
真想用枪把自己毙了
要么让我永远快乐
要么让我永远痛苦
不在冲锋里生
便在冲锋中死
这样无期的等待像坐牢房
我将把牢底坐穿

壕沟里
我在等待冲锋

防　　线

铁一样冷冷地感受着
穹庐的夜空包围着她

感受着她
她延伸着冷冰冰的气息

所有奋起的神经
被昨夜的严霜
击退了
热望因碰到寒流　缩了回去

大地一片银光闪烁
天上的星星不明亮了
黑色的欲念躲躲闪闪
那可是侦察兵的身影

不动　望着谨小慎微的偷袭
生怕泄露内心的慌乱不安
别动
不动就是不可凌辱的威严
起风了
起自铁一样冷冷的鼻息
拂过所有防线上的草
所有枯草都挺拔成雪色的利剑

战　旗

迎着被拒绝的痛苦

把这杆飘扬如颤动的款幅
迅猛地插进敌人的心脏
飘扬　如鲜血涌流
战旗因此是鲜红鲜红的

没有被突如其来的邪恶撕碎过
没有被无爱的冲动洞穿过
没有被黑的烟红的火熏燃过的
统统不是战旗
不是会呼吸会流泪会思念的生命
不是常绿的信念
不是　统统
不是　永远也不会驯服的民族

她是死亡诱惑过的诗人
是被命运的子弹追赶过的雄心
是扑倒过但没有咽气的圆明园
是站着没有改变站立姿态的秦俑魂
战旗啊
没有一刻能躲开疼痛
存在着就背负着牺牲
飘扬着如颤动着展示活的艰难
陪伴着幻灭又时刻挣扎着显示不屈

战旗　你迎着被拒绝的痛苦
啸嗷着把这杆满含勃机精灵之款幅
插进所有罪恶的心脏　插进
以邪恶涌流之血
染我英灵之战旗

集团军冲锋

我们的肩上都扛着一颗星球
它的上面可以种植炸点亿亿株
命令的弧光在它的土地上闪烁蓝色剑影
而欲望的长夜摸不着海洋深处的泥土

拼啊！蜂拥的期待进入星汉灿烂的战场
绞杀　格斗　肉搏　被揪下来滴着血的
耳朵　一如木耳在炒锅内跳着抽筋的舞蹈
这是最后的斗争　是服从
或者反抗的　最后期限
是望着弹坑　如发现了墓道
还是埋进昨天　然后直起身子
开始慢腾腾地欣赏战后残喘的硝烟

人啊！哪怕你穿上军服
也永远无法囚禁狂野的梦骥
它们望着远方　被火光掀起的云朵
在颅腔内升腾　冲不出
自己给自己设下的圈套
面对重围　每天
我们肩上的星球
都要向另一颗另无数颗

点头　并且用微笑

掩盖残忍　用残忍

隐瞒私情　用默默无声

对付暴跳如雷　用无所畏惧

与内心的虚弱交锋　你即使望着

那有鼻子有眼儿的星球

也无法看破

那球体真实生动的面孔之内

站着的一场接一场的战争

据说本世纪无大战　裁军一百万

作为一名军人或一位真实的人

我确信我没有停止运筹的星球里

回荡着集团军与集团军对峙冲锋的杀声

经纬线上

缠绕你

狂野的臂弯

给你一条

柔软而幽长的廊道

让那真正的歌

在真正的生命里沸腾

让扩张之天性

在足球场上释放

球一样

或在足尖上显示技巧

或在球门前惊心动魄

十二种机智

追逐一场酣畅淋漓的拼搏

最后失败地握胜利的手

然后坐在草坪上脱袜子

有一些人看着他们

你也应该看看他们

他们觉得胜得很好玩

他们觉得败得很滑稽

其中一个会站起来说

"好了，今晚再不会失眠"

黑暗降临

眼睛眨也不眨

提着或端着枪

腰上别着或挂着手榴弹

心里装着千言万语

可是她没有来

你再一次失望

因此烦躁

上街去找事

拳头有点痒痒

脚在思念足球

终于在上车时有人踩了你的脚

战争从心里爆发了

你终于找到了泄洪道

你的拳头和脚和洪峰一起砸了过去

有人义正词严指责

有人幸灾乐祸鼓励
有人绕道而去
联合国安理会一样的警察
好像从来就没有出生

余下的是一些记忆

我为自我以外的世界写诗。
写的很难说不是自我。我说：
好好活下去。并且，
决不自欺。

——久辛赠言

枪炮的声音想不起来了
很想再听一听
很想

尖啸抽泣覆盖一层层云
悬浮于心际
悬浮
然后炸成一片宁静
什么也想不起来了

开始行走
开始被一种眼睛瞄准
在大街上

或在办公室
一双熟悉或放大的眼睛步步紧跟

穿衣镜里扣上纽扣
转身便走
走进一座楼房
思路中断
想象开始扇动翅膀

想到可能会发生的战争
一阵子眩晕
子弹穿墙而过
弹洞留在那睁着困惑的独眼
瞄着一个又一个不明真实战况的游人

谁说源于仇恨
为什么余下这么多声音
在月下冲撞
仿佛有一扇平原
不肯躺下来伸展四肢焕发青春

很想再听一听枪炮的声音
很想

如果你像一只螃蟹一样向后爬 ①

海誓山盟过了
还是诞生了一只向后爬的螃蟹
壮行酒飞流直下死寂世界
灵魂竟没有渗进一滴

祖国啊
铅云漫涌阻抑欲望
莫名其妙地相思
顽固不化地守卫
挪不动一个幼稚天真的闪念

跑吧

海誓山盟过了
苹果鲜甜还带点酸味儿
大地伸开无际的手掌
接住了一个生的果实
坠果坠果
没有一个成熟的思想
和科学的想象
蹲在构思的角落神聊海吹

---

① 莎士比亚诗句。

冲动没有偷懒的习惯

星星在冷笑
海洋深处的游鱼
裹着一次又一次拍天的狂风
帆在海峡上跳舞
绝望在忍受中踏上草坪

阳光柔和风很温顺

狗可以被刀宰掉人可以被心删掉
烈士的花名册上从来不记载恋爱经过
为爱可以决斗
为决斗可以逃跑

尽管海誓山盟过了

发生了什么事

轻松的日子一周又一周飞逝
我不能理解，发生了什么事

——安·阿赫玛托娃

什么事也没有发生
椅子却不安地挪动了起来
窗玻璃也开始笼罩阴云

太阳依旧而感觉不像往常
眼皮在跳着一串音符
录音机关闭而心里回荡着莫名的旋律
发生了什么事

童话世界盛开迷人的微笑
嘈杂繁市挤不进心室
那里正在放映反法西斯的电影
所有惊心动魄的镜头都使人毛骨悚然
但无法关闭灵魂
无法合上心门
这一切必须承受没有任何办法

但是，发生了什么事

一股子冷气偷袭心上高地
西北风还在塞外徘徊
打仗也许能当英雄
死亡
太　可　怕　啦

但是，但是千万别遇到那线吊泉
弹奏高山流水的神曲
打动坚硬的山岩
所有的岩石都不是无懈可击
当年。当年那场战争也是险胜

发生了什么事

如果是一种苦味儿的等待
望夫石望着日落日升也美妙绝伦
胡思乱想的等待
总有一周与一周不同的预感
阳光不怕重复地讲述山水
星月不怕寂寞地描绘孤独
发生了什么事

我和树

最先是我站在山坡上
看见山下有一棵树
在拼命地摇着无影的风

风过去了
它们站在那里
好像停止了生长
我知道它已经经受过一次了
那一棵树
昨天还不知道什么是揪心的疼
什么是惦念
什么是不请自来的风
今天就与我默默交流

后来我学着树的样子站着

思绪伸着枝条

做奇怪的呼唤状

顿时就发现了树的全部秘密

知道了根的妙用

和叶子的功能

我站着。树也站着

一个在山坡下

一个在山坡上

以不同的生命形式

悲哀或者不悲哀

反正都不能离开空气

和泥土

我望着它

眼角滑落了两颗泪滴

一切又都还原如初

关　注

蜻蜓　围一只圆球飞行

想起卫星围地球运转

轨迹是目光

关注人类

生命一如菌类生物

在显微镜下舞蹈
烛光舞很动人
人的表演使人胆寒
智慧追逐着智慧
智慧垒成摧毁力强大的反应堆
压进敏感的神经
在多情的眼睛里
获得的时候觉得不费吹灰之力
失去的时候便觉得掠夺并不容易

小妮子惹眼儿
年轻少妇媚人
峡谷张着欲壑难填的大口
梦里有一次酣畅淋漓

人类最高档次的痛苦
源于人类最原始的冲动
人类最大规模的战争
源于人类最狭小的心胸

于是
便有小妞儿摆弄爱情游戏
便有小伙子失魂落魄于街头
勾引的念头和
打架的欲望
便在边境上游荡
不肯放进一缕清风

弥漫空间

空间没有一粒空气新鲜
有一位诗人，就是我
觉得从此与飘飘的灵感绝缘

战争初期

出其不意的一击
没有料到第三者会迅猛而又无情地
向司令部播射火箭弹
火光映红了天边的晚霞
你当时正坐在遥远的山上思念着
感觉霞光像信鸽一样飞向远方

哼着一支小曲在行吟中漫步
爱的余音从你的心里横溢了出来
对于战争
你没有料到会像细菌一样蔓延
围困你而你一丁点儿都不知道
她说
你自信吧
你这个恃才傲物的男人
根本不知道
心会在什么样的进攻下举手
更不会懂得
婚礼与投降仪式的本质

没什么两样

蓦然间　你想起
德国纳粹的党卫队
在罗马尼亚无人的大街上
踩脚行进的样子
威严而又阴冷
庞大而又可笑
你记得看到这一幕的时候
身旁坐着的姑娘拽住了陌生的
你　你不知道她怕的是什么
欣赏女人害怕的样子着实令你快慰
你在战争初期气势汹汹
以为站在一块辽阔的疆土上
小鬼子都会吓破狗胆
在你得意　并且准备忘形的时候
第三者悄悄地抄近路袭来了
只是轻轻而又闪电般地一击
第一个回合便结束了

两种感觉的形象化描述

在前沿
可以不提防异性的眼睛赤身裸体
全方位的开放撞不上封建脑壳

在这里
语言可以自由自在
可以交换隐私抵达真正的平坦

桃花源游荡的陶渊明的阴魂不敢来
这儿的子弹挺多而且不长眼睛
说打死谁就打死谁
而且打死就打死了血流如冲动转瞬即逝

这里离人心最近距谎话很远
所以都活得很危险很自由
不用提防被贼偷跑一些什么
即使被偷也不在乎
有野心的敢来也算冒过险了

理解任何人求生的欲望
包括不掏腰包不撬门砸锁的贼
和不耍流氓不强奸妇女的下流东西

很难说被子弹击穿的都是灵魂
却可以肯定
都是血肉
都是有父亲有母亲的生命

能在这里喘息
并且没有后退
内心的世界就被死亡扭曲过
有的扭成鬼
有的扭成人

都要被扭 像人都要接受各式
各样的领导

在前沿不小心会踩上地雷
在后方不小心会说话走嘴
挨炸和挨批的感受差异不大
是一种很不妙的滋味

喜欢独处

面壁时可以思路八达
坐歇时可以欣赏自己
想一想自己的小眼睛为什么贼亮
鼻梁子为什么像绝壁
女孩子是不是都担心碰个头破血流
而纷纷出嫁

喜独处者在繁华市井

回顾自己
寻找一些原谅自己的理由
然后再去破坏自己
再然后 再回到自己的小屋
以听不见责备而安静
躺在床上思考天花板上的蜘蛛

为什么只在墙角织网
捕捉无辜　生存的一隅
陷阱一样大张着血喉
欲望在峡谷间弥荡
于独居者简出的小屋中吹出

喜独处者常有未瞑之愿

忘我
为昨天遇到受伤的鸟流泪
为书市上降价之后仍卖不出去的书难过
为门诊部给人拿错了药的少女低头自责
源自莫名其妙的经历
折磨清醒不安的心灵
一切所遇皆构成所思
所有的思虑全部进入梦境
呓语比音乐动人
动人的一切全没有被人听见

喜独处者皆有看不见的光芒

迎接九十年代的时候

迎接你的时候
我正在缅怀一群生龙活虎的高原战士

他们的八十年代是在豪饮风雪的过程中
一步一步走过的　我离开了他们
而他们没有离开我　在我的怀念中
他们越来越年轻　驾着绿色的坦克——
和旋转的高原　在我最不堪忍受的时候
他们就开进了我的心灵　使我想起
残酷的战争　和宁静的和平
就觉得还有什么能比不受干扰地怀念
更幸福的呢　我坐在战友们的想象中
我想　尤其是坐在风雪之上的战友的想象中
一遍又一遍地怀念战友　这是多么
让人感受到自由与欢乐的方式啊　他们
自由地把我想象成他们的大哥或朋友
我把他们想象成穿军装的诗人或者画家
我就会越来越觉得无法不怀念他们
不管我的心里有多少酸楚　不管
他们还写不写情诗　画不画风景　我都
怀念他们　更不管我如今还像不像
当年的那位英俊的排长　我还是无法
不怀念他们　尤其是在今天
在迎接你——九十年代的时候　怀念
那些继续豪饮着风雪的战友　并愿我的
祝福　伴着他们的想象
一步一步地走过九十年代

1987.1～1989.12　兰州

惋惜之末

三十二年来的某次失神

三十二年来三十二年来
三十二年来我就沉浸在三十二年里
没有出来　没有出来

三十二年来我第一次想到死亡的时候
正在自己的大腿上作画
画一柄利刃切开胸膛
使胸膛赤身裸体地敞开内脏
我看见了我画出的心
看见了那颗心宁静的表情
它在我的心上站立
让我的心接纳这一颗宁静的心
在这中间　在这个画不出的距离里
我懒得去想　三十二年来三十二年来
它是怎样一次又一次地鼓励我
将它画出来　将它画出来
画在自己的大腿上
仅供一人欣赏

三十二年来我就沉浸在三十二年里
没有出来　没有出来

海水谣

现在我这样看你

海水　现在我怕听见碧蓝的声音

海水　现在我对我内心深处

涌起的波涛已经习惯了　海水

现在　它们又要鼓励我跃入你的怀抱了

海水　我不记得我学过游泳

我不知道我在你的怀中如何动作

海水　我在我内心深处

涌起的波涛中越来越脆弱

海水　我的脆弱一如你的碧透

海水　我能看穿它

并在它的最遥远的岸边

抚摸你　海水

抚摸你的时候我不会让泪水流出来

不会让我内心真切的狂风掀起你

海水　我现在只习惯于不动声色

努力去行动的时候不留下痕迹

海水　就是最难忍耐的时候

你知道吗　海水

我就躲起来　躲在人海茫茫的大街

你不会知道　我早在上个世纪

就幻想能在人海巴黎

把所有人的脸望个稀烂

然后心满意足地死去　海水

可我永远也走不到那里

海水　我只能站在这里感受你

海水　感受你浑厚一如天幕的壮阔

海水　在这壮阔的深处寻找内心的海水

渴望它涌流出来　海水

渴望它奔涌出来淹没我　海水

我将在你的心中搏击

在阳光下亮堂堂地游来游去

永远忘掉或省略那些孤寂

但我不知道是谁在阻止我的奔放

海水　不知道这个世界要干什么

海水　不知道谁是你的天敌

而我爱你　我又不知道谁在阻止我的

真挚　我更加憎恨语言

更加热爱内心深处所有的东西

包括一支摩尔①一个热爱手帕的眼神儿

一个抚弄我黑发的纤指一个回故乡的念头

一个熟悉的动作半片将落未落的黄叶

以及某个黎明的沉默一星黑暗中

忽闪忽闪的烟火　和一群人共同追逐的

一个爱情的微笑　海水　海水

它们如此平凡又如此深刻地进入我

我不知道它们对于这个世界有什么不好

也不知道它们对于我个人有什么关系

我执着地爱着你　海水

为了内心的一切我爱着你　海水

---

① 摩尔：女式香烟。

海水我现在这样看你
海水　我现在在流浪的土地上无所事事
海水　我现在不知道自己是在陆地
还是在你的心中　海水

叹息的尴尬处境

我刚才才看到
那个无家可归的我
我站在一根电线杆前
用手掌抚住杆面
头慢慢低下
然后　轻轻叹息

我的叹息啊
它东奔西窜
在一条一条胡同里
撞得头破血流
有一种血
它不是奔涌出来的
它在我行走的所有的道路上
在我内心所有的经历中
替我歌唱　我不知道
它是忧伤　还是悲痛
在我深陷的瞳镜里

它们轻轻地抚摸月亮
又沿着月辉抚摸大地
抚摸大街上的华灯
以及华灯下的我
和我脸颊上
挂着的　一行行泪珠
我说过我不会哭
我说过我不后悔
我甘愿走在一千个
一万个误会的土地
一任忧伤画我
一任悲痛描我

我在一千种解读法中生活
我在一万种目光中独行
我说　随便吧
我早已不知道什么是委屈

柔美的白雪

没有形体的天空
和没有骨肉的想象的世界里
究竟有没有可以触摸的石头
而你　竟然要我去寻找目的

我可怜的心和微尘般的眼睛
在拒我于千里之外的
一张张脸上能找到什么呢
那些不属于我的楼群
在昏暗的街灯中
静静地吐放着陌生的感觉
我不知道谁家的大人
会对我轻轻一笑
也不知道冥蒙的天空
会从哪一个方向
坠下致我于非命的陨石

我　即使这世界寒冷到大地冰雪覆盖
我也坚信冰雪是美丽的
它们在我的内心深处飘舞洁白的向往
虽然它们对我的贫穷和危机四伏
无动于衷　我也仍然抱定审美的信念

望着它们　并一直望到冰消雪融
在蜂飞蝶舞的灿烂世界里
我知道我被省略的真实原因
为了那个我四处碰壁
而且死不改悔
而且顽固不化
这就使要收留我的情人们
揣着无限的情谊悄悄离去

而你　一位诗人
竟然要我去寻找目的

现在和后来发生的事情

春季在一张长椅上喘息

喘息想象的明天

花雨缤纷　在辽阔的土地上

覆一层梦影迷离

在你的眼睛里　裸露

并奔放出无数道光的大路

你走在上面

每一条道上就有一个你

你有无数个你

在喘息的想象里

你开始平平常常

而后更加平常

再而后是更加更加的平常

一直到平常得特别扎眼

你的平常成为一种感觉

在失恋的季节里

你坚守着平常的装束

和不用修饰的表情

就一直走向了我

我不知道后来发生的事情

只有在朋友们谈起的时候

我才会发现

一切都来得那么特别
以至我面对它的时候
首先是无话可说
而后是无法抵赖
这样我就到了走投无路的境地了
我不知道该不该再笑一次
尤其面对饱含着我全部情感的土地
真的　我不知道
我这一笑会不会走漏春天的消息
而春天仍在长椅上喘息
无数的孩子会在冬季为我和我的情人们
诞生　他们将奔向哪里
会在哪里的故事深处
讲述他们的父亲
以及母亲

一切都没有声音

一切都没有声音
尤其我一个人坐在这里
墙是墙　镜子是镜子
而我是我　我所知道的事情不多
明天应该去那片草坪坐坐了
后天该干什么目前还想不起来
所以桌上的日历还未翻开

钟在嘀嘀嗒嗒地迈着细碎小步
它们要走向哪里
我是否能随它们走进时间的内心
这些情况我都无法知道
更无法知道我所居住的这幢楼
究竟有多少人家
有多少人家的多少个想法
与我此时此刻的想法相同
我不知道　我不知道我的哪一句话
会深深地伤害哪一只非常物质的苹果
也不知道哪一只苹果
会同时遭到来自八方的穿击
但是苹果依然是苹果
苹果熟了就会掉下来
而风在还没有苹果的时候就已经诞生
所以人　就是风中的苹果
我意识到这个层面的时候
才刚刚开始储蓄酸楚
它们在我的心中翻来覆去地折腾
我忍无可忍
又不能不继续忍耐
在没有任何声音的地方
我可以听见自己的心
一次又一次被迫练声的响动
并且通过想象
我发现我肯定是一位明天的歌星

无望之后人人都会发现坚强

有一个无望终于离去
而爱情依然深藏在心
在我的分分秒秒
它们替我抽烟喝酒
替我喜欢庸俗的小曲
它们哼着我
用一句又一句普通的歌词
向我射击　我知道我每天要中弹
无数次　而每一次都有
流不出血的难耐
你不知道那种感觉
不知道走投无路的掘进者的神情
它是那种死不认账
是那种面对白纸黑字又决不签字的
宁死不屈　每次
每次　都这样重复着
重复着蹂躏年轻的心
我不知道怎样告诉你
一分钟一分钟
一秒钟一秒钟
它们是怎样手拉着手
欺负我　而我又是怎样

在每一分钟每一秒钟
感受　并发现
自己有多么坚强

世　界

沿着它我将走向哪里
我的爱人们　我的至死相爱的爱人们

你们使我自信我能活一千岁
你们使我看到一万年前的情景
你们使我闭上眼睛仍能历历在目地
看见我在偌大的世界深处
游不出来的情景
我的至死相爱的爱人们
我感激你们

并在我绝望以至崩溃的前夜
我说　我爱你们
并永远在你们的梦中回眸

我的至死相爱的爱人们　记住我

我回眸之中饱含着的深情
我沿着月光步入你睫毛根茎的小心翼翼

我被你们进入并被你们摇醒灵性的轻轻喘息
是永恒的

我的至死相爱的爱人啊
恨我吧　恨吧

你们使我发现我的爱情像泉水喷涌
你们使我发现我的美感千差万别
你们使我发现爱情如艺术没有穷尽的路
我永远在朝圣的土地上一起一伏
并使崭新的爱人感动

沿着它我将走向哪里
我的爱人们　我的至死相爱的爱人们

惋惜之末

你退出我的血液的最后一小时
仍然是深夜　深夜

你在某一间房屋唱歌
唱谁也听不懂
却能极其强烈地感受到
悲怆的歌　我被深深感染
而你完全不知道

不知道我是怎样向我的朋友们
描绘你的歌声　不知道
他们听了我的描绘之后
是怎样地羡慕我的耳朵
就是那只你不愿拈住它嬉戏的那只
它如今被人们视为花朵
视为白玉兰之类　可惜你不知道
你永远也不会知道
你退出我的血液之后
就成为真正的歌唱家了
日日夜夜　夜夜日日
你唱着　在我的耳池心畔
直唱到我死

短　句

逶迤而行草如森林
它看草和我看树是完全相同的感觉
我缠在我的事业而它
缠在它的梦里
森林不会告诉我任何关于它的知识
它的知识在我的梦里绚丽多姿

三个人的事情

三个人永远比一个人孤独
我乐意在三个人中寻找
我被你回味而他回味你
我在仔细地体验
他对你的种种细微的念头
没有语言
只有这本关于三个人的书
翻开来却没有人读懂的苍白页码
在我的面颊上
没有写下明确的主张
也没有记录含糊的记忆
只有眼瞳中的你
痛苦的心中的他
所以懒得说话　三个人
说不清任何一件简单的事情
我不知道他懂不懂
也不知道你明白不明白我的心意
我们是难得相识的朋友
是同时被流浪的土地接纳的赤足
我们总之要去寻找
我们消失的方式　那时候
那时候我可能就是一棵树

他或许在森林中认不出我
而你早已化作他足下的泥土
而太阳依然霞光万缕
世界仍然在寂寞旋转
关于三个人的事情
你想吧　残酷是根本就不存在的
而友谊也早就被雨水冲尽
我说我可能就是一棵树
这完全是基于我对爱情的幻想
那时候
那时候善良的下场与残酷一样
所以为人悲哀
而后彻底删掉关于人的所有记载

长眠的人们

我没有一刻不是在你们
上百年前的想象中生活
没有一刻不是　没有一刻不是
你们知道不知道　你们爱着的
大自然与亲人　和与我无关的所有
向往　所有让你们付出汗水
劳累与思考　和忧伤的事物
都在我的此时此刻的心中闪烁
我知道古老的爱情

它也是爱情　并且绝不比今天的爱情
复杂　它在我的美好的愿望深处
轻轻地吐放清香　我不知道
我为什么喜欢替古人担忧
为消逝了的佳人悄悄哀婉
我是否爱着几千年前的一位丽人
我不知道　我在社会主义的大街上
寻找衣着古朴的情人　寻找
一缕月光所包含的情绪
在什么也找不到的时候
我不知道我为什么会害怕宁静
宁静为什么会对我做出恐惧的表情
我不知道　长眠的人们
你们在我未来的向往之中
我不知道你们是怎样的复活
只是在此刻　在此刻
你们拽住我的目光
伸展不死的各种真实眼神儿

冬日的想法

在梦中我可能就是你的丈夫
丈夫都是在真实的社会中出走
而又全部是在梦中归来
我想我在十年前就归入你的梦中了

你不知道吗

你知道又为什么还冲我发问
让我去吧　让我去吧
我生来就是为了身外之物
而你是为了悲哀和眼泪吗
我曾站在一位熟睡的女人身边垂泪良久
并为听到的呻吟默许过无数次终生
我却仍然弄不清为何出走
弄不清这个世界　以及我
究竟要干什么
什么在深深地吸引我
使我骑着破车在黑夜狂蹬
仿佛大地倒立着旋转
而风　直着拽我一劲前行
真情像无言的朋友陪伴我的所有
而所有的执着都像是我的真情
告发我的一切
并使我深深地为自己是一个丈夫而忧愁
我多么地想说　我爱自己
为自己不被任何念头以及任何梦
所深深浅浅地牵挂　而感到幸福啊
我曾试着摸抚过一个女人的热望
并为手感的奇异而惊心动魄
我心说　不敢了
而大地上的所有道路此刻都为我洞开
我的双腿一下子失去了各种主张
不知道是因为感激还是因为恐惧

暗夜：街头长椅及汽车嚣鸣

当不安在喘息的尽头
摸着异样新鲜的草地
草地伴随着轻轻的颤动
吐露春天的某种生机
你没有想起
戈壁上荒芜与杂乱的石头吗

在橘红色的路灯下面
在草叶上宁静的闪烁里
你没有想起珍贵的水
和富裕的蓝色月光吗
所有应该想起的情景
都被——想起
而所有被想起的
都与此时此刻的喘息没有瓜葛
友谊与爱情啊
便永远是一颗遥远的星星
你能说你走近它了吗
暗夜：街头长椅以及汽车的嚣鸣
都在你的身前身后
忽扁忽圆　忽远忽近
使你在风中感受着各种距离

感受着各种距离间的真实
逼现如街灯一样明亮
固执如长椅一般赤诚
你是否能够消受这人间珍贵的明亮
并且闭上眼睛
你是否乐意接纳这无依无靠的赤诚
并且永远认命

在这个平凡而又惊心的暗夜深处
你是否觉察出了
本该是春天发生的事情
却偏偏发生在隆冬　而且没有下
那种纯洁的雪

与纯洁无关与赤诚无关
只与寒冷的冬季　有密谋的合约

郁闷的幻影

无须任何人理解的郁闷
在心头嘹亮而高昂地唱响
它们转换成一种颜色
铺天盖地地向我的眼睛扑来
我看不见了的枣树以及枣树下
站着的爱人　起先是一片通红

而后是一片金黄　墨绿是后来的事了
这中间有过紫　也有过蓝
唯独没有过黑
我爱黑　我爱黑爱得刻骨铭心
在我的心中　它们像我的血
不寻找任何借口地与我生生不离
进入我的焦躁不安
并抚摸着焦躁不安的皮肤
来回摩擦　直到它安静下来
安静下来之后
便为自己刚才的行为深表歉意
仿佛　仿佛向郁闷告别
又像是在坚定我的信念
使我口吐一摊难奈
抬起腿　对未来实行
扎扎实实的进攻

刚才的早些时候

刚才的早些时候
面对一桌子风光
我忘记了审美　在你没有说要来以前
我曾准备去作画
画笔和颜料就在我的脚边静静地等待
它们怀着新婚一样的心情

望着我　我没有忘记
我是一个比较一般的男人
在它们的心里
我是你说出的理想之光
我很难过　在你没有说要来以前
面对一桌子风光
我忘记了审美　现在阳光爬进了窗子
而小鸟也在树林为我歌唱
我不知道
刚才的早些时候
我出了什么问题　什么问题
使我几乎要扔了所有作画的工具
我不知道

灯光深处的我

深入灯光的最深处
我看见我魂舞的手指
它们触摸月光
在月光映亮的石头上面来回摩擦
冰凉是暂时的　而手指
也不是永恒的温度
我不想知道我为什么魂舞于月下
看见自己
并为自己蹦跳于无声的深夜

而高兴　虽然满目清光
暗送一缕缕悲凉
我却仍然热气腾腾
在我之上是我的幻想
在我之下是我的沉默
我来回摩擦石头的想法
是由于石头什么也不去想
它只是一种物质
在这个物质的世界上存在
不去打扰谁的瞌睡
也不影响我的任何纯洁高尚的目的
我因此做它真正的情人
亲近它　爱它
它使我对所有少女厌倦
对自己内心的信念毫不动摇
你们都不会知道
它们身边的杂草为什么可以长疯
我为什么希望去做这种草
有关我的一切
我知道　我最清楚

尤其在我深入灯光的深处
我便能看见我了

最后时刻

这时候谁在我的身边
妈妈 这时候谁望着窗外
而心缠我诗魂终生 妈妈

妈妈 你的儿子他一无所有
残存的真诚也奄奄一息
才华像额前的光泽 现在已经暗淡
而激情像外出乞讨的瓷碗
如今已要不来一口剩饭

这时候谁在我的身边 妈妈
妈妈 这时候随便说一个名字吧
我不怪你 永不怪你 妈妈

妈妈 谁在此时此刻会望着我
使我感觉着阳光的沐浴 妈妈

没有年可过

我的情诗在梦中旋转
梦在我的一切的一切中表情宁静
我忘记了的某个地名
现在又在我妻子的脚下悄悄爬出
在我想对现实表达情感的时候
它对我说我不应该
不回去过年　过年是大家的事情
我知道得清清楚楚
毛背心织好了　西服也等着我去试穿
还有鸡鸭鱼肉蛋　等等
我说不出什么来　我知道
我没年可过　亲爱的妻子
我是一个没有资格住下来过日子的人
在我的心上　你在奔跑
在一份婚礼的默誓中期待丈夫
丈夫都是自己的好
我知道　我对你怀有的那一份歉疚
它在我的一切的一切中静静地站立
我知道我走不出去
也知道梦不见别人
别人不会把我当做丈夫
虽然我风流得不算好
而且心眼儿小了点　但你是知道的

好妻子　我是多么的实在

在你一个人的时候

甚至想不起写封信或打个电话

我俯在书桌前读书

躺在被窝里读书　读书使我忽视你

你知道不知道　你在我的忽视中旋转

跳摊煎饼的小嫚儿　跳红绸舞

在成千上万人的爱慕里念着我的名字

我不知道我是傻瓜

在过去的一年半里

我有过无数次要冲回去的想法

在想法的最深处

我看见了你　你泪流满面

淌着圣洁的露水　在早晨和晚上

落在我未曾发现的土地

前列者的幸福

不能欺骗的竟然不是爱人或

甘愿被骗的竟然最终无悔

你必死于他的臂弯。
并在最后的时刻对他说：对不起。
我从没爱过你包括此时此刻。
五十年前的那个人。从没走出我的心。

他说：安息吧，孩子。
我知道。

无题的十行

……那呼叫之际你的双唇飞向天空。
在天空。在蔚蓝色的天空上下相撞。
你说，革命。你说，革命。
你说，革命。你说，革。命。
革命在这一瞬间，
美丽得浑身是劲。

深刻得灵魂颤抖。
革命。在这个时刻把灵魂撕开。
把冲动与理性撕开。革命。
那呼叫之际你的双唇飞向天空……

旋转的回忆

现在它以巨大锋利的款幅，
用款幅四面的边沿。
旋转着迎击并切割一切事物。
我们在无辜的事物之中被它伤害。
它有眼无珠。它怦然而动又不动声色。
我们和它一起看着看不见的刃沿。
看着看不见的淫血淋淋。旋转。
旋转。整个天空和整个深夜。
整个思想和整个生命的梦。都在旋转。
旋转。狗尾巴草和大都市的摇滚乐在旋转。
旋转。在巨大的款幅旋转之时
流出止不住惨叫的天空。深夜以及
梦的惨叫。在旋转过程中没有经过声带的
惨叫。在叫。在现在呼叫。

在傍晚散步的最佳时节，
它巨大的款幅开始了收割。
夏粮已经入库。秋收即将开镰。

收吧。我们伸长了身子，
迎接旋转的款幅。我的。
我们的某颗庞大的灵魂，甘愿让你一试，
锋刃。我们不流看得见的血。爱人。
我不流看得见的血。爱人。
不喊你听得见的声音。爱人。
只有爱人才能将我击中。爱人。
你知道不知道？你知道不知道？

过　去

大海波涛翻滚，
红帆在蓝光下一闪一跃。
那是冰冷的战栗？还是火热的潮汐？
在肌肤之下陈兵百万。大海啊！
大海的情绪在不动声色的沉静之中。
涌动。涌动。
是慢慢开始。又是慢慢结束。
你看我。你看我。
我还是原来的那个我。
在她心里，依旧紧抿嘴角且无轻哼。

你就是这样过去的。
过。去。在今天淡蓝色的音乐中，
起先是轻轻地吹。

而后是一阵无诉的秋风。
后来又下雨了。
下雨打芭蕉的心跳之声。
你没有说过。什么也没有说过。

黑底上的白光

人们对圣者的崇敬莫过于咄咄的追问。
白光犀利。人们的追问闪烁白光。
所有的死胡同。和所有明亮眼睛背后的墙。
统统被它照亮

面对庞大的沉默，白光照亮所有的暗示
与阴影。声音与颜色。
哪怕是一只蚂蚁。一个渺小的希望
我们也可以看见它那小脑门儿上的光亮。

人们对圣者的崇敬莫过于咄咄的追问。

盛唐大祭

嘲讽是没有意义的。怜悯

也同样令人可笑。在这片荒诞的圣土上
我们歌唱黄土高坡？吼叫一无所有？
对令人心酸的结局发表高见？

这是一个连荒诞都感觉不出的伟大器官。
我们说什么不是多余的呢？
我们干什么不是没有意义的呢？
它那木乃伊的肌肤还渴望哪一位纯洁少年
滚热的激情呢。

死亡是过去的事了。
新生还在遥远的古代。
可悲的是今天永远在重复今天。
你不沉默难道还要放声歌唱？

我比我的弟弟懂事还晚。
他已经出世多年，而我仍在人类的子宫。
默默地等待。诞生是没指望了。
而面世，还要看上帝肯不肯用劲。

决定回家

为我终于决定回家而高兴吧，
泥。我知道你已守望多时。
并捧起了一片不算年轻的胡杨。

胡杨啊

你肯定是不认识我的。

我在你来到世间之前就已经出走，

你的父亲曾经扶着我

走出过地平线。

我消失多年了啊

连同我的声音和表情。泥。

在你临盆并生出我的尖叫之时，

我对你念念不忘。念念不忘。

泥啊。你可知道我心上的岁月？

你可知道我每天是怎样的回忆？

在你放弃最后一缕希望的时候，

你可知道我回不去的痛苦？

谢谢我吧，我已经默默接受了你的回复。

在寂静的深夜我感到了你的气息，

看到了你仰望云天的表情。泥。

泥。在我听不到任何消息的时候，

想象帮助我度过了难熬的日子。

并替我留下了一个背景。

现在我决定回家了。泥。

泥。我决定回家去面对你的嘴角。

我再不用想象去看那微微翘起的波浪。泥。

再不用面对绝望回到绝望的故事里回忆。

泥。泥。泥。我在你怀抱红婴的站立中

等待决定　再次出走。

向往的回忆

既然所有的绝望都步入了天堂。
既然所有的天堂都塞满了绝望。

你说你还是向往天堂吗?

我却是向往我的向往本身。
我却是我的本身的向往。

大　哥

我依然相信这个称谓内在的感情。
它呼呼地涌。虽然它涌不出你的眼眶。
也变不成我的感激。

像水。古老而又年轻。
盥。盥。盥。哗哗的冲濯洗不去它的声音。
它的声音温馨而又亲切
随时可以从阳光的海洋奔流而下。

我依然相信这个称谓内在的感情。

诗　行

你之前的一切都铺在心里。
心里的我在我的想象里东张西望。
东张西望。六壁旋转且密布欲出的眼睛。
一颗又一颗硕大浑圆的眼睛。
逼视我。我惊恐万状。小偷。
小偷。你无处藏身。
你在我的十指上激烈地颤抖，
我的十指颤抖那是你平静的脸在颤抖。
那是你的脸因暴风雨过去之后平静的颤抖。
可怜的小偷。动人的小偷。
贼眉鼠眼的小偷。机警万状的小偷。
在现实主义的康庄大道上。
你只能在我的心街口探头探脑。
只能在无人的梦中说我爱你我恨你。
直到重复至醒。在阳光的直视下，
闭。上。眼。睛。同时，咬牙切齿。

鬼气的山庄

他们住在里面。里面没有真正的歌声。
虽然大道伸进他们的窗口。
窗内没有茁壮的音乐。他们依然兴高采烈
为远离艺术和诗人而兴奋不已。

鬼气的山庄。背靠自然的树木和花草
毒蚊在其间神出鬼没。我不会忘记。
我不会忘记。仇恨使亲情的兄弟
互相叮咬。鬼。气。的。山。庄。啊。

驾着流岚自山上飘来。像歌子那么优美。
像情人那么亲切。我爱你。我爱你。
似乎似乎所有我能看到却永远得不到的。
都是我的这一声真切的呼唤啊。我爱你。
我爱你。在我远远遥望这鬼气山庄的地方。
我这么急切而又空洞地呼唤。谁能理解?
谁能猜得出这急切呼唤中血的味道?
谁能有时间想起这急切呼唤中的本质内容?
它因此鬼气弥漫。山庄也仿佛被一股清风
轻轻托起。你呼:我的爱人。
你呼:我的爱人。你呼啊:我的爱人。
你的爱人升入青天而你的呼唤深入了土层。

我不敢破土动工。我不敢挥镢刨土。
我不知道我的哪一个动作会触动你的往事。
也不知道哪一脚下去,
会挖出一声有关你一生的痛苦。

鬼气的山庄。昨天不肯站出来的人们。
今天仍然不敢站出来的人们。你收留了吧,
对这些被自己吞吃了自己的人们
我早已无话可说。

在这个没有任何怜悯之心的时刻。
在这个喜欢热闹和热衷于虚假的瞬间。
我渴望着一位真正的诗人。
和一位真正的舞蹈家。

这是1992年9月28日下午的60分钟。
我渴望着。替土地。和人。和艺术以及
我们的生存环境而渴望着。我真的感受到了
光荣。感受到了前列者的幸福。
鬼气的山庄啊。

1991.7　北京
1992.9　北京

192

狂雪II集

长诗卷

钢铁门牙

——为从陆军士兵逐步晋升为中校团长的一位好男人而作

　　那两颗洁白的门牙感动了我二十年之久，只要一想起它，我就会想到那些优秀的男人们。是的，我当然要赞美那些永远值得我赞美的优秀的男人。因为他们所具有的勇往直前的精神，正是人类创造世界——最需要的。

——题记

1

往事从黎明惺忪的眼前
一闪即逝　而军号金色的音波
则在他闪亮油光的肌肤之上
映射出朝霞的灿烂　他搓了搓手
纵身一跃　便来了一个
三百六十五度的大回环　换手倒立
单手翻飞　双腿慢慢卷曲
伸直　一个乳燕亮翅
在我的心上　留下了一个
永远永远如劈柴般凌厉
迅猛　果断的形象

2

而他从单杠上画弧的时候　曾经
走神儿　质感奇异的白色门牙
和曲线悠扬的唇线　那一瞬
那一瞬　同时扎入铺满鹅卵石的
土地　嘣的一声
像金属的断裂　白色的门牙磕断了
舌尖　也被剁去了一截
宁静如西中国天边的火烧云
红缎子般铺盖整个天空
没有声息　捂着嘴的手掌上
鲜血一样的红缎子　静静漫流

起先漫过事业线
尔后　沿着爱情的脉纹滴滴答答
仿佛昨夜的春雨
伴随着少女纯洁的泪水
在流　在他的心上
雨下得太狂了
泪也流得无法阻挡
所有通向未来的大路小路
都被这浩淼之水覆盖
而他的热望　此时坚守在
营房的大门口　无话可说　无话可说

3

抽了一支烟　又抽了一支烟
他弯腰拾起断掉在地的两颗门牙

往嘴里一扔　如虹飞跃
鼻孔轻轻推出两股子轻松
喉结蠕动一下　和血吞下了
白色的门牙　和刚才的疼痛
尔后　他的沉默
他的沉默良久的冲动
他的冲动　他的冲动
在双杠上翻飞之后
又倒立在单杠上

4

时光飞逝
门牙随他矫健的英姿
在单双杠上旋转　自信而又
轻松　你应该想起海燕
并产生替他翻飞的欲望　而我
则想起了河西古道上空
盘旋的雄鹰　并产生了
俯冲的念头　在惊险凌厉的
过程里　他用吊在嗓子眼儿里的
尖叫亮翅　在所有英雄的心里
完成冒险的动作　膂力日渐
隆起　思绪也安装了
精湛的想象　在他的眼里
胸大肌　是漂泊在太平洋岸的
两块大陆　一块是东半球
一块是西半球
合起来便组成了人类和平
这个显得壮阔而又神圣的概念

5

而好男人都是这样
为了理想　哪怕用牙去啃
石头　也不愿绕过艰难
去寻找捷径　不是死心眼儿
不会甘愿做他们至死不渝的情人

6

我的这首诗　就是这两颗
白色门牙　生根发芽的血肉泥土
在他的灵魂深处　和他一起
急行在雪花飞舞的白夜　并追随
他的脚窝　将深情注入祖国的大地
在他无法坚持的时候
那两颗门牙　便会替他
咬紧嘴唇　替他咽下泪水
并帮他嚼碎　泰山巨石般的磨难

7

在架子床上
在对未来伸展的想象里
门牙常常会浮现在他的面前
暗示他　疼痛
对于一个生命的全过程
是不存在的　痛苦
也不过是片刻的真切感觉
而我们不仅自爱　同时

还爱着更多的人们　　所以
我们的渴望庞大而又具体

8

那是始皇大帝横扫六合的意志
又是义士荆轲挺剑而未能如愿的遗憾
是良相魏徵舍命的冒死进谏
是关云长忍着刮骨之疼
反应敏捷的对弈如常
白色门牙指手画脚　　我的诗篇
也骚动不安　　关于一位军人
理想中的军人　　关于理想中的
军人　　对人类和平的想象
在他的职业深处
像由远至近的旗帜
比期待更鲜红
比理想更动人地飘扬在
他灵魂的山峰　　像英勇的火炬
光芒万丈　　又像那两颗门牙
牢牢地种植在他的血肉之中

9

谁说二十出头的军人
不可能具有伟人的气魄

10

在天险华山　　在攀登演练的

最后一刻　他的十个手指头
交互演练着攀登的绝技
在万丈巉岩上
是他的母亲想象不到的地方
是他的情人梦够不到的情景
一如飞鸣的箭镞　直冲云霄
在悬崖的峭壁上
他用一个手指头抠住石纹
让整个身子吊在半空
荡来荡去　荡来荡去
我感到白云心惊
要来托住他　我感到苍鹰胆寒
要来背起他　谢谢了
他说　抠住石纹的那个指头
那唯一抠住石纹的手指头
一松　他
　　　直
　　　落
　　　下
　　　来

11

在一棵长在崖壁的青松上
他又一次想起了那两颗门牙
美丽的门牙　洁白的门牙
替他嚼碎了所有畏惧的
钢铁的门牙　此刻
帮他理解了残缺的意义
并咬住了无畏之后的某种愉快

是那种说不出来的喜悦
在周身所有角落舞蹈的感觉
这时候　阳光充满了诗意
这时候　蓝天被透明的音乐充满
唱说打就打　唱战马奔腾
保边疆　他唱不出来
他的内心太丰富了　于是
从上衣口袋摸出一支劣质香烟
尔后　掏出防风火机
点燃　并对扑面而来的风
点点头　并深深地
深深地吸了一口　然后
从容地让烟
再次　从鼻孔轻轻推出

12

是的　好男人都是这样
富有精湛的技艺和　超群的
胆量　在大自然的面前
他们喜欢欣赏电闪雷鸣和山崩地裂
渴望狂风暴雨　酷爱下达
和执行　钢铁一样干脆的命令
贯彻理论上正确
如剐肉般的纪律

13

那是拍案而起的闻一多

周身滚沸的热血　那是前脚迈出门
后脚就永远不准备再踏回来的李公朴
再生的灵肉　从他们的身上
我们可以看到五四的旗帜　看见
北伐的前辈英雄　看见
明天的战争　以及战争中的——自己

14

在左宗棠抬棺出征
誓死收复西域的古战场上
他俯拾一枚锈蚀的箭镞
往事于掌中雀起
铠甲　于胸臆之中布满天空
铠甲　铠甲
捍卫主权的铠甲
像捍卫人格的血肉
一座一座垒铸在遥远的边陲
一百年　一千年
岿然屹立如不朽的营盘
使古老的战争于转瞬之间
在脑屏幕上闪现——
那不仅是力的角逐
那不仅是肉的厮杀
那是　电脑的精密与严格
又是可能性的多路出击
一秒钟内的十万个为什么
每个为什么中包含的核反应堆
统统被立体复活
在他的血液里　我们通过透视

可以看见一滴血液里成群的飞机

五万架次的空战

一万枚导弹的追杀

十万枚地空导弹的拼搏

电脑与电脑的撞击

科技与智慧的相扑运动

倒立的天空

近距离排炮射击的快感

远程火炮射击后口吐的青烟等等

所有的勇敢被科学装备

贪婪和邪恶穿上了电子的铠甲

金属　金属冒出高温后的蓝火

挥军亿万的统帅意志

在战场上到处弥漫

大海在燃烧　天空在

爆炸中盛开亿万朵黑色的

牡丹　沉着的正义和

高明的邪恶　伴随着不动声色的

准备　在航母的天线上萦回

阴冷　庞大

偶尔飞掠而过的海鸥

似尚未弹跳的琴键上的手指

仿佛　仿佛

仿佛只要轻轻一按

便会爆发第三次世界大战

可怕吗　对于军人

怕做真正的军人　才是最可怕的

15

或许这正是　他为什么对火光中的战争场景
充满好奇　充满对惊心动魄的独特体验的
渴望　以及若干年前他为什么面对
峥嵘的昆仑山　泪流满面的原因

16

那两颗门牙　现在
又开始在他的心中捣蛋　仿佛
要替他嚼碎什么　有什么在他的心中
使他不安呢　他不知道
他仅记得　爱情从抽象的书本中
抖落的时候　他曾经拾起
曾经把那个大红的喜字望得遍地鲜红
并站在人海茫茫的大街　六神无主
他吼了一嗓子　就一嗓子
爱情便如遥远的汽笛　在遥远的
天空　自由自在地回荡去了

17

爱情　你庞大吗
庞大　但是　但是他说
我咽下你　并且
永远永远不再提起

18

记住真诚的半个眼神儿
记住半个眼神儿中包含的千言万语

以及千言万语中的任何一句
裹着某种温情的语调　他说
在我们的骨缝儿里珍藏的任何东西
都是有限的　尤其是一个好男人
我们必须忘掉那些不含真诚的东西
在我们这样一个危机四伏的世界
和平　以及维护和平的事情
不能忘　做人的尊严
不能忘　尤其是一个好男人
洗澡是极其重要的　否则我们
对不起高尚的情人　对不起
亲爱的祖国　以及祖国心中揣着的
我们的梦想　和我们欲罢不能的
事业　等等　我们为高尚的空气
而生　为使我们颤抖的圣洁
而拼命　我们不知道什么是忘我
我们把我们融进我们的理想
就是我们活着的理由
和死掉的意义

他如是说

19

熄灯号吹响了
关于　一个人的遭遇的问题
现在　刚刚掀开洁白的页码
帕斯捷尔纳克①　他念叨着

---

① 帕斯捷尔纳克：俄国著名作家。有名著《一个人的遭遇》《日
瓦戈尔医生》等。

这个古怪的名字　思索着
这个名字所代表的洪波滚滚的境界
他感到了恐惧　感到了个人的渺小
感到了茫然　他不知道什么时候
世界上所有的首都　都会慢镜头碎裂
一切与人有关的土地　都会被顷刻
毒化　在看不见的战争的酝酿期
他想象到了可能发生的一切
想象到了空中摇摆着的
一块一块　血肉

20

而现在世界并不平静
个别地区仍有枪声刺人耳鼓
作为军人　他知道
有许多不同肤色的士兵
正在世界各地
替他执行危险的任务
而他　此刻正在熄灯号后

默念着一个古怪的名字
帕斯捷尔纳克　帕斯捷尔纳克
他发现这个名字像弹片
纷飞　整个天空都飞满了这个名字
并落下来　砸在他的胸口窝
一堆一堆　像路障
阻挡着他自由的呼吸
他不知道哪里还会开火射击
但所有情况都在他的想象中

已经发生　一个人一个命运
一个命运　连着一个命运
一片命运的噩耗雀起
使他对真正的音乐　产生怀疑
土地没有了
江河没有了
爱情还有什么意义
谁会替人类亲吻　什么被亲吻时
能够颤动出奇异的滢润感觉

是生
还是死

此时此刻　我梦中的军人
替哈姆雷特奔腾着高贵
而又古老的热血

是的　是生
还是死

这个永远单纯而又本质的问题
又一次　被一只蚂蚁的命运
掀起俄罗斯古典画家笔下的大海
凝固的惊涛裂岸　色彩的
石破天惊　并悬挂在
眸子深处的半空之中
凝固了　凝固了

21

白色的门牙再次浮出

并替我梦中的军人咬紧了嘴唇

他说　来吧　来吧

如果我的内心不是装满了

蓝色的深情　那么

我的仇恨和英勇　忠诚

和智慧　就不会属于整个人类

我驻守边关的岁月

就无法变成都市与乡村啁啾的黎明

22

……

《田园交响曲》飘进了他的眸子

开始是抒情的湛蓝　尔后

是生机勃勃的墨绿　中间

是蒲公英的金黄　和一片片

各色的小花　最后

是鲜红的太阳　慢慢沿

小提琴的齐奏　徐徐

升起的动人情景　他笑了

并将笑声

夹入一本有关爱情的诗集

他说　多好啊

这美妙的天空　和天空中

飘荡着的一切　一切

都摆放在阳光的下面

我们还需要什么　什么比生活

更重要　比劳动和创造
更重要　比唱歌和亲吻
更重要　我不知道
他望着田园交响曲抒情的一节
说　这些真切的亲情和智慧
一旦去浇灌爱情
真诚便能一下子吻遍整个人类
大地也会奔流欢乐的泉水
而发动战争的念头
就会在缺氧的盒中慢慢窒息
慢慢窒息　慢慢窒息

23

此时此刻　我梦中的军人
既渴望绞杀　又酷爱和平
仿佛一轮红日喷薄而出
映照得漫天的云朵如天上的大海
卷起了一望无际的金菊般的巨浪

24

有一朵洁白的雪浪
直冲霄汉　像鹰一样穿透云层
使他的梦　在天宫七色的光环下
摇摇晃晃　他想起了过去
想起了无数长眠的人们
他没有一刻不是在他们的想象中
生活　没有一刻不是
没有半刻不是　不是几百年

几千年前的人们　想象的后代
他记得他们　那是
始皇帝的威仪　成吉思汗雪亮的
蹄声　穆桂英花木兰英勇的
胸脯　十大元帅辉煌的业绩
在这里　在人民英雄纪念碑上
他能看见李大钊不死的英灵
和挺进中原的锐利刀锋　他知道
昨天的战争　它也是战争
并且不比今天的战争
复杂　在他的骨头深处
生钙　产钢　出金
铸大英雄铜像　雕塑悲壮的
史诗　使他一想起长眠的人们
就感到周身洋溢着无数英雄的
热血　洋溢着对生活的向往
和渴求　替今天微笑
为明天继续沉思　仿佛
仿佛历史就在他的脚下
等他去走　他因此而忘记了
此时此刻滂沱的大雨
正在长眠着古人的土地上
制造泥泞　走吧　走吧
灌注了几十代军人勇敢的
双腿　还怕什么
能怕什么　走　走
走　我梦中的军人
他在大雨之中随队急行
七天七夜　他记住了

祁连深山狼嗥的声声悲鸣

25

白色门牙　还是那两颗白色的门牙
在我梦中的军人周身漫游了之后
现在　又回到了原来的位置
那是生了根的坚定
有了信念的勇敢
是他的母亲在遥远的小村庄
永远永远也想象不出的儿子的
茁壮成长　以及儿子内心的
真正的成熟　他在日记中说
妈妈　我好想你

26

军人是干什么的
除了在和平这个词儿的
深处　是钢铸的脊梁
还在正义公正的大地上
横扫六合　并为此渴望荣誉
热爱功勋　为晋升中尉失眠
替少将超龄惋惜　个人的
一切　可以为人类的利益牺牲
而且让生　就决不怕
活着　这样的军人
这样的军人
正是我梦中的军人

27

我因此请君入梦
男人们

1989.9　第一稿

1990.3　第二稿

1997.6.6　第三稿改于魏公村

　　首发《解放军文艺》1997年第八期英雄专号，发表时标题被编辑改为《锻造荣誉》，现恢复原题。

肉搏的大雨

——谨以此诗为彭德怀元帅指挥的"百团大战"铸碑 ①

三个半月的百团大战
差不多每次战斗
都有大雨……

—— 一位参战八路的回忆

1

深夜　我的回忆破窗而出

---

① 百团大战：为1940年秋天，彭德怀将军策动指挥的一次抗日战斗，历时三个半月，纵横五千余里。共进行大小战斗1824次，致使日军伤亡3万人，我八路军及抗日健儿，也有1.7万伤亡。此战震惊中外。

冲入九泉之下彭大将军①
仍跳动在人心的泥层深处
一层一层厚重的泥土
像一节一节的历史
历史怦怦跳动
我的心亦怦怦跳动
怦怦跳动的心
在昨天的青纱帐里
与前天的大雨　拥抱了

2

它们高举着彭大将军粗壮的身躯
和刚毅的目光　走进了我的想象
我的想象　在青纱帐里
在狂骤的大雨之中
苦苦地寻找着　寻找着
那场肉搏的大雨中
望远镜深处的你
彭大将军——你的嘴唇
那厚厚的嘴唇　动了一动
微风吹打着摇曳的青纱帐
我被淹没了
连同我的回忆和想象
统统被淹没了　无边无际

3

无边无际的青纱帐　立起来了

———————
① 彭大将军：即指彭德怀。

飘起来了　像一块飞起来的壁毯
在大地之上　在大雨之下
在一块一块碧绿的青纱帐里
转起来了　大雨
大雨泼湿了我的想象
青纱帐也拽住了我的激情
我丢失了我自己
在那块碧绿碧绿的青纱帐

4

雨太大了　大得无边无际
无边无际的大雨
被时间锁住　大雨
在半空之中停留　停留
留出了一截白色的空间
像多田骏内心的空虚与孤独①
无边无际　无际无涯

5

他找不到对手　大雨
而雨帘如注的秋季
又像一只囚笼
使他的冲动在笼中
撞来撞去　撞来撞去
最后　撞进了死胡同般的
缨子的体内②

---

① 多田骏：指日军华北总指挥官。
② 缨子：日军随军妓女。

榻榻米　旋转的榻榻米 ①

旋晕的榻榻米

榻榻米　抱着缨子甜蜜的尖叫

痛快而幸福的尖叫

在大雨的淅沥声中回荡

我的男人　我的男人

我的好男人呵

6

她的好男人在她的尖叫声中

轻而易举地进入了中国的东三省

挺进了卢沟桥　在首都南京

杀戮了30万中国军民之后

现在　又伴着大雨和她的呻吟

来到了彭大将军性不容恶的心头

来到了华北数万万庄稼汉

暴跳的青筋之上　不是不报

不是不报　在找不到对手的心灵深处

多田骏　像大雨那样发泄着

对中国人的蔑视　仿佛

仿佛他的意志和狂想

贪婪和野心　对于这片深厚的土地

就是他体下的缨子

他　随时可以进入

并且　不会遇到血性的拼搏

与决死的大刀　他把这片圣土

想象成他淫乐的妓女了

---

① 榻榻米：日本国的床。

而且　这还不仅仅是他一个人的想象

7

欲望　无边无际的欲望
被野心想象　被七彩的阳光照耀
虚幻出美丽动人的朝霞
以及令人爱怜的夕霞与落日
诗人啊
你为什么不发怒

难道你容忍了这一切
刺刀就不会捅进你父辈的心窝
欲望的款幅　就会因你的怀柔之心
收束起它无边无际的铺排与漫卷吗

8

数百万嗥叫的鬼子兵
山洪一般地漫过来了
漫过来了　在东北
在遭到八十三岁老太太的拒绝之后[①]
小鬼子的嗥叫
又变成了雪亮雪亮的
刺刀　那老太太的鲜血
像大雨落地　哗啦一声
扑进我的心头　扑进彭大将军
干旱已久的心头　无声的吞咽

_____

① 有资料记载：日军在我国奸淫的暴行达到了空前的惨无人道，奸
淫了上至八十三岁的老人、下至六岁的幼女。

216

咽下了东北　咽下了华北

9

在华北　有多少位反抗的少女
被刺刀奸淫　被嗥叫
奸淫　被一杆又一杆
太阳旗的旗杆奸淫啊
甚至没有放过
六岁幼女的哭求
我在遥远的今天
看到了彭大将军　因痛苦
而　低
　　　下
　　　　　的
　　　　　　　头

10

他落泪了吗
我不知道　我看见了
他低下的头和他头脑之中
翻卷着的钢铁与钢铁撞击的
声音　那是忍无可忍的声音
那是火焰冲天的声音
那是大铡刀抡起来飞舞的声音啊
在彭大将军的脑海之中闪耀
在彭大将军咬紧的厚嘴唇上凝固

11

大雨　在纵横五千余里的天空
和大地倾注　一柱一柱
都是直落　每一柱落地的叩击
都是一句发问
仿佛灾难的降临
并没有使中国男人的身后
站着屈辱的姐妹
或者母亲　仿佛铁蹄的践踏
并没有使　一张又一张
被强奸后剥下的少女的皮
成为怒吼的旗帜①

大雨　大雨
无边无际的大雨
变成了谁的嘴角上
挂着的巨大的嘲讽和蔑视
并用疯狂的掠夺和杀戮
丈量着一个文明古国的忍耐力
和这个民族　容忍的传统
塑造的一片片沉默的个性

12

大雨　无边无际的大雨之中
榻榻米　多田骏的榻榻米
被大雨摇来摇去　摇来摇去

---

① 诗人艾青有《人皮》一诗，记录了日军强奸我国少女之后，又剥
下了少女皮的史实。

摇出多田骏的鼾声

如闷雷炸响的鼾声

一声接一声　一起又一伏

一起一伏的雷鸣

连着雷鸣般的鼾声

翻滚在九州大地的每一寸土地

仿佛是一个巨大的惊叹号

或者就是一只耀武扬威的拳头

横躺竖立在华夏的苍穹

挥舞着一句提问

谁敢

　　　动

　　　　　一

　　　　　　　动

13

巨大的耻辱

在彭大将军的五脏六腑中滚动

滚动　在他紧系四万万同胞的

火热情肠中　蹿来蹿去

蹿来蹿去　他忆起了李鸿章①

忆起了李中堂签完《马关条约》之后

落进他——彭德怀心中的苦泪

苦哇　苦哇

捧着这长流至今的苦水

像捧着一朵巨大的黄连

① 李鸿章：清朝大臣，出洋日本时，被迫签订了丧权辱国的
《马关条约》。

黄连　黄连
你为什么
为什么在此时此刻
盛开在彭大将军的心头
而且盛开得这么硕大与奔放

14

要涨破了
不仅仅是彭大将军的所有血脉
也是那漫山遍野的青纱帐中
每一棵玉米　高粱
心中的冲动　仿佛
那玉米叶子就是那舞动的大刀
那高粱秆子就是那冲刺的长矛
迸出来了　迸出来了
巨大的耻辱
像精神的红太阳
砸在入侵者的脑壳
溅出了好一幅壮丽的史诗画卷

15

仍然是大雨
是倒下来的瀑布般的大雨
在彭大将军伸出的巨大的手掌上
似棉绸一样柔软　彭大将军
用劲儿一拉　大雨
大雨被拽出三千丈
朝天空一甩

那个巨大的惊叹号

那只耀武扬威的拳头

那个横躺竖立在华夏苍穹的家伙

便被缠了个结结实实

尔后　是彭大将军的一挥手

天空便炸响了十万道闪电

大地也滚过了百万个雷霆

一百零五个团

一百零五团愤怒仇恨的火焰

从晋西山岭滚过东海海岸

从黄河之滨卷过古老长城

一团一团的火焰

在大雨的欢唱中

像一位大英雄的性格

左缠右绕

七拐八拐

天上地下

蛇扭龙舞

暴怒的烈火直冲云霄

又直捣大地

天雷轰隆炸响

有一万个荆轲拔剑而出

有百万道长城昂起头颅

每一分钟

每一秒钟

都是暴怒的中国血性

横削竖砍鬼子兵的

痛快淋漓　痛快淋漓

16

大性格　勾绘出大英雄
大英雄　迸发出大智慧
大智慧　扭动出的
是钢铁的拐弯　信念的奔跃
决死的光芒　和肉搏的血喷

17

神圣和庄严　如果
没有这血喷的历史作奠基
德沃夏克的旋律①
就不会有上升　上升
再上升的豪迈和骄傲
一个民族的心头
就不可能激荡起
对每一位大英雄的崇拜
和无限的敬仰

18

爱他吧　爱他
像爱自己的情人那样
爱他　如果我是少女
我将会用一生的守身如玉
永远爱他　直到爱得
牙齿脱落　满头银发

---

① 德沃夏克：世界著名作曲家，作品《新世纪》充满神圣庄严的
旋律。

也仍然在心头
珍藏着他意志般的眼神儿
并在谢世的最后的一个梦中
呼唤他的名字　爱人　爱人
我的至死相爱的爱人哟

19

他眼冒金星　金星飞舞
在滋滋冒烟的心灵深处
有一万支游动的火龙
在一块又一块碧绿的青纱帐里
窜动　一块块青纱帐
似一块块碧绿的TNT
TNT满天飞舞　并在飞舞中
爆炸　似天女散花
小鬼子　小鬼子
你往哪里躲藏
你往哪里躲藏
满天炸响的TNT
浩荡如万里东风
席卷如群龙争艳
淹没所有贪婪
吞没所有邪恶
那是瞬间的吞没
是刹那的覆盖　天上人间
一万条巨龙腾空而起
把长夜的天幕
舞动成红火天烧的战争奇观
又把地下　地层深处

舞动成一片片血注的地下长城

20

尔后　又舞动成自由欢畅的舞蹈
那是妖美如水的舞蹈
是昨天的英雄　编织出的
和平的舞蹈　又在今晚的
舞会上　舞出的甜蜜爱情的舞蹈啊

21

上升　上升
直至上升到玩味欣赏
战争境界的时候　我们
我们才体会出大英雄的分量
才真正认识到大性格的审美意义
那是比之一切权谋韬略
更为永恒的光芒啊

22

那光芒先是照射在
一群群鬼子的炮楼上
尔后　是将炮楼掀到天边
然后　又将它捏在手里
停顿一下　猛劲地砸在雕岩
不需要他们回忆起
被消灭的颜色　不需要
我在今天　都欣赏到了

那菊花伸瓣儿般的落花流水

落花流水　那是立即迸溅出来的

落花流水　是我们在梦中

无数次渴望过的　落花流水

甚至　是我们骨头缝儿里

热望着的落花流水啊

我的祖国　我们还需要等待吗

我们还需要等着小鬼子

指着我们的鼻子　说

看　这就是奴隶吗^①

23

不需要　包括所有铁道线上的

钢轨　也都被燃烧的火焰

拎了起来　像缠麻花

缠了个里里外外

彻彻底底　拎在半空

被怒火点燃

钢蓝钢蓝的火焰

在大雨之中燃烧

并且越烧越旺

越烧越旺

钢蓝蓝的火焰哟

闪耀着无比动人的腰肢

扭来扭去　扭来扭去

扭秧歌儿的钢轨哟

在夜幕深处娇媚无比

---

① 此句为著名抗战诗人田间名句。

娇媚无比　又在大雨的瓢泼之中
发出了噼噼啪啪的声音
那声音　那声音被憋闷了
很久　很久的庄稼汉们
吼了出来　狮子头
红红的狮子头
一拱一拱的狮子头
在云海绿浪间舞来舞去
舞来舞去　让恐惧了
很久　很久的少女们
第一次露出了欢欣的笑脸

24

就是为了这动人的笑脸
彭大将军咬碎了满口的贝齿
咬破了坚硬的牙床
满口的鲜血
堵住了他的怒吼
他没有吱声
他把碎牙和鲜血吞进了肚里
站在山下
像站在山上那样
俯视着纵横万里的战场
俯视着多田骏抽出的战刀
他只哼了一声　那战刀便被击落
便在忽扁忽圆忽长忽宽的大刀下
颤抖了起来　颤抖了起来

25

我猜想　那每一粒碎牙

都是一粒仇恨的种子

彭大将军那满腹的仇恨

化作了他周身的每一条血脉中

会射击的枪口

会砍杀的大刀

会爆炸的手榴弹

在纵横千万里的大战场上

与小鬼子展开肉搏的大雨

大雨　大雨

大雨将小鬼子伸到他脚边的公路

碎尸万段　将小鬼子

为掠夺而修建的桥梁和隧道

踹了个稀里哗啦

哪里有鬼子据点

哪里就有削铁如泥的大刀

大雨　大雨像锋利的大刀

大刀　手起刀落

那个痛快的腰斩啊

令憋闷了很久很久的赞叹

冲破了华夏五千年忠君的厚土

从彭大将军的敌人——

卫立煌将军的口中

脱口而出[①]他说的是

英

---

① 卫立煌：国民党驻洛阳将军，百团大战后，曾给彭德怀及八
路军总部致电赞扬。

                              雄
                          啊
    到底是一条血性的汉子

26

    有无数血性的汉子
    在正太路的破袭战中
    在狮垴山的阻击战中
    在津浦路　平汉路　德石
    北宁　白晋　南北同蒲的战斗中
    冲了出来　他们把心当作地雷
    当作大刀和长矛
    当作子弹和炸药
    他们命令自己爆炸
    命令自己成为弹片
    横横竖竖地飞
    在敌人的心脏里飞
    他们说　我的热爱家园的心啊
    你们飞吧，飞到你们
    誓死捍卫家园的地方吧
    让你们的迅猛和凌厉
    锋利和有力
    削掉所有法西斯的脑袋吧
    他们把这一切
    当作忠贞男儿的爱情
    当作渴望和平的行动
    他们随大雨去了
    在青纱帐里
    化作了一万个荆轲

百万道长城
在我们后人的心上
耸立成不断上升的无名英雄
纪念碑　永垂不朽
永垂不朽
　　　　永
　　　　　垂
　　　　　　不
　　　　　　　朽

27

永垂不朽的刺刀
在小鬼子疯狂的报复中
拼磨得更加锋利了
彭大将军与多田骏的拼杀
臂关节嘎吱作响
肘关节也嘎吱作响
那是力的声音
是力与力交错碰撞
搬过来又压过去的声音
是意志与意志交锋
是巨鼎与巨鼎撞击
嘎嘎吱吱　嘎嘎吱吱
吱吱嘎嘎　吱吱嘎嘎
漫山遍野的吱吱嘎嘎
嘎嘎吱吱　在拼搏的大闪动中
你来我往　嘎吱
白刀冲进　嘎吱
红刺拔出　嘎吱

再次冲刺　嘎吱

又是红刺拔出　嘎吱

他俩嘎吱着咬紧了牙关

嘎吱着握紧了枪刺

左挡右突　嘎吱

右挡左突　嘎吱

嘎吱着野牦牛的犟筋儿

嘎吱着土山炮的狂吼

嘎吱着山下山上

嘎吱着山上山下

完全是喷血的肉搏

完全是雄狮的厮杀

搬过来了

是一座富土山的沉重

压过去了

是一座泰山的巍峨

天空飘游着嘎嘎吱吱

嘎嘎吱吱在天空的飘游中

被朝霞染红被夕阳镀金

关山被月光照得凄清如水

如水的嘎嘎吱吱在微风的吹拂下

摇着漫山遍野的青纱帐　青纱帐

青纱帐啊　在嘎吱嘎吱的拼搏中

回荡着武士道的地动山摇

回荡着中华英儿的蹈海翻江

狂飙　狂飙

狂飙为谁从天而降

历史的角逐

为谁闪烁出庄严和神圣

28

是圣战　是一个文明的民族

对野蛮的霸道　展开的肉搏

是五千年的神圣遇到践踏的

怒不可遏　是尊严

是贫困但不缺少气节的血性

和决死的热血　狂飙

狂飙与狂飙的对撞　像雷鸣

与雷鸣的撞击　从山岭到大平原

从大平原到大海边　嘎嘎吱吱

吱吱嘎嘎　嘎吱入骨

入骨的激荡在激荡的入骨中

激荡成一片神圣的光芒

光芒四射　嘎吱血红无边

无边无际的血红

流注大地　回旋至今

使我们一想起那场恶战

便热血澎湃　便壮志凌云

便有热血呼呼呼地向外喷涌

你听嘎嘎吱吱嘎嘎吱吱

大地和苍天一片嘎吱

一片嘎吱在历史的深处回旋

在彭大将军"鼓与呼"的血脉深处①

回旋　那是嘎吱的热血

喷出来的声音啊　你听

你听　嘎吱没有消失

彭大将军没有远去　并且

① 鼓与呼：即彭德怀将军诗句"我为人民鼓与呼"之句的缩写。

在现实的今天
仍然是一身戎装
仍然是横刀立马

谁在今天
更像这位英雄

29

有无数根坚硬的骨头
在历史　在百团大战的
关家垴攻击战中　像野马
那样狂奔着　是拦不住的骨头
是拽不住的骨头　骨头
铁榔头一样的骨头
砸　猛猛地砸
狠狠地砸　砸得小鬼子
真正认识了中国人的骨头
那个硬啊　那个坚硬
使人想起了五千年的烈火锻造
想起了岳飞　文天祥的热血熔铸
想起了一次又一次大屠杀
仍杀不绝的理想　理想
终于抽象成形象的骨头
骨头　骨头　骨头
骨头连着骨头
骨头架着骨头
就这样一块一块垒铸起了
人的脊梁　在关家垴
在漫天大雨的青纱帐

脊梁　脊梁
漫山遍野的脊梁
翻卷着脊梁的油光锃亮

谁在今天
更像这些无名氏的脊梁

30

大雨　大雨还在狂风呼号之中
浓墨重彩般地挥洒着　大雨
没有停歇　历史
没有中断　它在浇灌出
英雄花朵的同时
也养育了汪精卫式的期待[①]
大雨　大雨
这是大雨的无限悲哀吗
这是大雨的辉煌成就吗

31

我不知道　我在《国际歌》的旋律中
幸福而又充实地生活　在
《中华人民共和国国歌》的音符中
敬业　拼搏
忠于人民
热爱毕加索的线
酷爱凡高的色彩

[①] 汪精卫：投靠日本的卖国汉奸。有资料记载，中国伪军的总
人数是一百万，相当于二战整个欧洲战场叛徒的总数。

对德沃夏克神圣的音符
有着贫困国家公民天生的向往
追求崇高　憎恨变节和强权
痛恨法西斯　厌恶战争
喜欢少女和儿童
对科学有着与生俱来的渴望
除此以外
我还需要知道什么呢

32

需要知道那场大雨
需要知道那场大雨中的青纱帐
它们并没有离开我们的回忆
甚至没有离开我们的今天
它们在我们的今天湿漉漉地站着
像风雨兼程赶回家来的父亲
父亲　站在新世纪的门口
痴痴地望着我们　看着我们
我知道我不会忘记
永远不会忘记
彭大将军1940年秋天的暴跳如雷
是替一个民族的暴跳如雷
为此　我难道不该为这位伟大的血性
谱写一部交响乐吗　不该为热血的喷泉
作一幅永恒的画卷吗　彭大将军
彭大将军会露出笑容吗　我不知道
他那贫苦老农的憨笑
多像我至今不忘那场战斗的父亲啊

他让我难过
也令我难忘

1995.5.31　于兰州
1998.4.20　　修订

　　首发于《解放军文艺》《诗潮》1995年第八期；
1998年第一期《橄榄绿》第二次发表。

柠檬色

序诗

谁在想象柠檬的颜色
蛋黄　蛋黄在清荷之上漾动
黄　黄茵茵的柠檬
在绿莹莹的荷叶上晃动
那是一种多么浸肤润肌的
感觉啊

弥漫　从牙根儿
直钻脚心的十指末梢
扣动　十指扣动
那是柠檬的色液
在奋勇向前啊

怀春期终于过去

而待融的坚冰
仍在柠檬汁的浸泡中
漂浮着　我望着
漂弥的绿色颗粒儿
想起了酸酸的柠檬

第一节

凝视蓝天
也被蓝天凝视
对春天毫无兴趣的风
摇着
荒原上的片片黄叶

一尊石头
舌头将它卷起来
弹指之间
一个嗡嘤的金色
声响　便被掷入了肮脏的
灵魂深处

奇臭无比
且粒粒奔放
在漂弥的灵魂深处
它备受洗礼
备受奇臭的日日浸润
无声无息
沉默的言语
在伟大的现实面前
葆有最坚硬的骨头

比石头更坚硬

它像我一样

顽固不化

它像我一样

不可救药

舌头　舌头

舌头能干成

很多很多伟大的事情

更何况谋杀一个人

不是很简单的事情吗

舌头万岁

万岁舌头

谁也别想在舌头之外

苟活　谁也别想

在舌头之内

不受伤害

当智慧交给舌头

舌头玩味智慧

除了伟大的创造之外

舌头又能发现什么

苦难呢

岁月之光芒

没有雕刻或塑出苦难的面容

时间之刃水

没有将生命的灵性石化

在一眼望穿的鱼缸里

生命在沉默中游动着

游动着……

第二节

落水的叹息
在池中荡起涟漪
桃花又谢了
又开始了一次漫长的等待

嫉妒月季
不能月月开放
羡慕秋菊
开得金黄且恰到时机

青春
魔方一样难以摆弄
对于孩子
对于初试情感的孩子
对于不聪明而拗儿很强的孩子
拿在手里

谁也不给　抢也不松手
宁肯急得淌泪
哭得像野兽接受原始
拒绝承认无能
拒绝承认毫无办法
拒绝一切点拨　拒绝

旋转
指掌不停地旋转多彩的魔方
又是黄昏
又是繁星开始眨眼的良辰

第三节

一个圆形音箱
盛装一首圆形的歌
在圆形的心宇回荡着
圆形的音符
所有人
全没长耳朵
全都是木头疙瘩
全不是笛膜
灵气吹来
全都不能共振起伏
不能流成永恒不变的蓝水河
然后有一个声音飘来
说：沉溺吧

愤怒
愤怒得举起梦中的屠刀
想　宰掉
所有捣蛋的意识流

第四节

封闭在一只罐头盒里
作虾、鱼、鸡、野草莓
甜菠萝等等　永不变味
永不变味地
做一个故事的主人翁
可别开错了——罐头啊
该死的包装工

为什么忘贴商标
按那个人的口味
和那个人的向往
在我的天灵盖上
贴满商标

第五节

你千万别太随意
所有——眼神儿
都将成为证词
而所有的强辩
都将被认定为
强词夺理

请你　静下来
静下来
好好地想想
我说过的每一句话
想一想我改不掉的习惯
和我们同沉湖底的呢喃
我不止一次地说过
我是属猪的
绝顶的愚蠢又绝顶的聪明
性情率真得像个孩子
忠厚纯朴得不会拐弯
我是多么地贪吃啊
所以我会在罐头盒上
留下猪齿的牙痕

沿着那齿痕你能走进我的心灵

你千万别太随意

第六节

惧怕所有平白的面孔
向你提供错觉
害怕一切导游文字
向你暗示相反的象征

好像钟情于床
深夜里却望着星星
一颗一颗地辨认着
哪一颗是你要寻找的

想哭　却
拉不动抽泣的风箱
脑袋要裂
却拿不动敲碎颅骨的铁锤
地球啊
为什么没有爆炸
我们从未欣赏过
什么都不存在的风景
所以——

第七节

这世界老是出差
老是列车出轨挑战者号爆炸

疫情蔓延
地震江河泛滥森林火灾
老是
老是麻痹大意
老是不幸伴着误解
老是让老鼠钻空子
让哈哈镜幸灾乐祸

两只黄鹂
在柳枝上练嗓子
唧唧啾啾
啾啾唧唧
独处者发觉
没有一个人
比它们活得快活

第八节

露珠　透明而又宁静地
躺在绿色的草叶上

阳光拉开大地的窗帘
一切的一切都明摆着
明摆着一片看不见的废墟

寻找吧
一角灵魂的平方米
一堵挡风的城墙
一杆撑起信仰的帆
无可奈何地接受无形的压力

疯人院床位不够了
大街以及一切平坦的土地
都变成了床
床在你眼里
很肮脏

无数只苍蝇
嗡嗡于床的上空
轰炸机群来了
当心啊
炸毁你的神经

第九节

接近了
……圣洁
像火焰接近了灰烬
只有
那么一点粉粉留下

灵魂呢

活的灵魂与死的灵魂
最大区别
一个着迷一样寻找
一个万念俱灭无动于衷

这世界
像口红
涂满了虚伪的嘴和脸

像概念口号
像政治热情
目的在于诱惑
与高明的欺骗

第十节

别胡来

一位朋友坐在我的对面
倾诉　不厌其烦
一遍又一遍表白
我眨了眨眼
我痛苦地说
——我不懂
我仍然不懂
隐隐约约地
听见一位姑娘的声音
往我耳朵里钻

我听见　她说
你告诉你的朋友
他已经死了
在我心里
我于是望了望天
天不是很大很大吗

第十一节

是的　她说

我很害怕
而他回到暗室
挥洒笔墨如李太白
吟哦于静夜如屈子长喟

……想象他的激动万分
和万分的激动
她说
我突然理解了全天下的诗人

可不是好玩的
真不是好玩的

第十二节

世间一切传世之诗
都是蘸着悟性
和杀人的激情
喷出来的

第十三节

天才
是混蛋们造就的
混蛋们
又为天才顶礼膜拜

第十四节

于是　普希金死了

歌德活了

贝多芬聋了

而毕加索永生

普希金死

死得像个诗人的样子

真正的诗人

容忍人说疯说痴

但决不肯败于情场

歌德活了

活得很庸俗

没有维特高贵

更不如维特专一

他在石榴裙下显示才华

和诡辩似的哲理

过去和现在

他趁人晕头转向的时候

嘿嘿嘿地冷笑

笑人是多么浅薄

思想没有拐过几个大弯

所以永远也弄不清浮士德的性格

第十五节

贝多芬的耳朵

世界唯一的耳朵

人类的命运

靠它去聆听

生命在体内涌动如潮的声音

心灵流泻如山岚轻飘的声音

我们听不见了

而他的音符

或汹涌

使人想奋起好好活一场

或温柔

使人想好好地享受这一刻生命

他用音符教导我们

向往田园

相信命运可以战胜

要承认并爱戴英雄

我们因为不听他的忠告

把耳朵伸进人心之中

窃听狗咬狗的叫声

和自己学鼠叫的声音

因此所有的耳朵全都机敏了

但贝多芬先生

聋了

第十六节

让我们痛惜吧

痛惜毕加索的笔

变成了一柱望夫石

或一座神女峰

峰上静息着

一只白色的和平鸽

并没有飞

但全人类心中的愿望

这一刻全都飞了起来

第十七节

无论是普希金

还是老歌德

无论是贝多芬

还是毕加索

他们若生在同一个时代的

同一个国度

也会互相嫉妒

且互相中伤

因此　应当歌颂嫉妒狂

真正的天才

嫉妒人也被人嫉妒

伤害人也被人伤害

死不了活过来的

在忍受中做了天才

所以无须痛苦

第十八节

一位美丽的少女

被谎言的手牵着

我看了看

我美丽而又生动的手

叹了一口气

我拒绝承认烦恼

所以无须痛苦

老鼠蹿上了领奖台
蛇穿上了审判官的制服
哈巴狗变成了庄园主
而人则变成了标本
直立行走的蓝田亚种
山顶洞外忙碌无为的北京人

忧思飞升

所以这世界有了真正的伟人
他们在他们的过程中闪烁光芒

一颗蓝色的太阳从心中滚过
撞出了一条幽幽的深穴廊道
我们走在里面
跋涉得越远
心的距离便越走越近

第十九节

不相信诚实
与不相信虚伪的
不是心灵
不是感情
是我们大家眼睑上倒生的睫毛

大河流成月牙泉
芦苇被火焚烧
烽火台升起了狼烟
消息树还站在那儿不动

冷风吹着清醒
塑成黑油色的理智
疯狂的暴雨
拍着疑虑的肩膀
护卫着
涌进身心的感情
看到这儿流泪的人们啊
我——爱——你们
你们在走不出的荒原上
长成了一片永无绿色生出的枯林

我坚信
我们用不信任去爱
爱得会更加坚贞
这使我想起守着亡灵的恋人
情已接受无边
接近无法砸碎的顽固

一粒种子悄悄落土
在土层深处生长

第二十节

把一个倒影拉长
拉进一个庞大灿烂的星系
隐隐地
天的尽头
闪着图钉般大小的希望
这世界
这世界构思起来是多么美妙

美妙得不敢睁开眼皮

静静地坐在黑天幕下
一生一世
享受夜风的凉爽
雨雪的真实

溶——进——去——

溶进无尽的浓雾之中
决不出来
决不

这是一块冰凉的石头
讲述的是
独恋者的烦恼

第二十一节

灿丽女人化为蓝水
流到哪里哪里树死草枯
哪里生灵遭灾
哪里的笑声令人心悸
哪里的哭泣是最欢畅的抒情

你见过优秀的女人吗

肯定是有的
她化腐朽为神奇
她点石成金

她做你一生努力
无法抵达的境界
你想变得聪明些吗
我来告诉你

第二十二节

只要世界还存在
只要少女层出不穷
只要层出不穷的少女很纯洁

管她蓝眼睛多么蓝
管她黑皮肤多么黑
都可以用心去拥抱
用梦去亲吻
不会有背叛的乱麻缠你
不会有谎言盛开动人的花朵
不会有眼泪滴成的仇和怨
不会
不会有被爱的痛苦
和苦恋的甜蜜

在这里
在一个人的床上
自由达到了真正的极致

第二十三节

绝望　所以致远
希望　导致不安

弯弓弹起满天云霞

不是被无形的绳

捆着　不能动弹

就是自己的喘息微弱

吹不走

并不沉重的欲望

在大家都拥有的过程里

握紧了

一株原上草荣枯的体验

真想……啊

所有圣洁

所有珍稀的追求

有时所能构成美妙的

不过是一个瞬间

没有不可思议的微笑

任何捉摸不透的表情

在花市的万花丛中都能找到

卖花人沮丧的叹息

嫁不出小女的心烦意乱

像一朵凝重的墨菊

或

一位轻盈盈的少女

第二十四节

一句闲话

拉开了你心房的门扉
我走进去
发现你坐在里面默默流泪
泪水打湿了你的鞋
你抬了抬腿
我便坐下来
和你一起沉默
很久很久
很久以后我们回忆起那一天
你怔怔地望着我
说
不要拒绝享受
不要　永远不要

如果吹过来的风
没有使你感受到清爽
如果夜的纤指抚摸着你
你仍然不肯承认初潮已经泛滥
你便不是女人
不是需要爱人的东西

弯弓弹起满天云霞

脸颊告诉你
你瘦成了枯枝
而天下所有人的微笑
原本全都盛开在枝头
你深知
每盘花蕊上的蜜蜂

都是你召唤来的

第二十五节

咬牙切齿地恨
牙的坚硬
永远不比爱
不比死不了的无可奈何

在心里
揉成一只馋嘴的小猫
渴望吞咽那只鱼
渴望渔夫能慷慨地
甩给咪咪着的欲望
让它嚼一嚼
非分的向往

咬牙切齿
咬——牙——切——齿——

在异地陌生的草丛前

发现叶片上的每一颗露珠
都像一个人的眼睛
黑暗的云翻滚
怕有一丝窗隙
漏进一种熟悉的芬芳
有人会酩酊大醉
再一次蒙受摧残
　　　　　　在

　　　　　　　劫
　　　　　　　　难
　　　　　　　　　逃
渗不进大漠流不出戈壁
在　劫　难　逃

第二十六节

让大海来作证
不移的爱情
是不灭的灾难

你的双眼会望烂那个
那个惹眼的大红喜字

我要对你说
走吧
走向命定的地方
将说不明白的眼泪
咽进说不清楚的心里
虽然
我不敢说
这是坚强

既然你要做一个优秀的男人
既然你要做一名杰出的女人

第二十七节

通讯录上躺着一条小路

沿着它你能敲响一扇门
最难办的是全等三角形
他们是平稳的静水
天空又偏偏不吹来一缕清风

怎么办
发现真诚像发现虚伪一样困难
与道德无缘
与文明有血亲关系

我不知道那么多人为什么欢乐

好像永永远远不能满足
而又时时刻刻没什么可做
问一问摩天高的大厦
你的衣兜里
可愿意收藏赤诚

我不知道人们为什么会笑得那样好

我想知道
我能不能成为你的知音
而你又能不能成为我的安慰
我们都欠真诚一条命
这债何时还清

第二十八节

走在大街上
连果皮箱都像警察

坐在办公室
连烟灰缸都像窃听的耳朵
马路很平坦
我仍觉得坎坷不平
影剧院很热闹
我仍觉得孤独跟着我

我需要点什么呢

也许是一句话
等了亿万年仍未等到
我等待什么呢
想问一个人
心却不敢

从此
大地上多了一块湿透了的枕头
和一双又一双
睁着与闭着完全一样的眼睛

第二十九节

永远不会发现就永远不会爱
爱是不断发现没有难忘的初恋

预感就是休止符
别走下去
感情像云
像——是——
翻来覆去的烦躁

是沙翁的一行诗
是大都市不再流行的庸俗小曲
是你不敢接受的最原始的冲动

别以为你的一个媚眼儿
就能使英雄醉倒

第三十节

为什么所有的眼睛
都像公式一样
盯着他的鼻子
闪着会意了奥秘的涟漪

为什么

他没有用怀疑来蔑视你的美丽
你为什么用怀疑盯他
为什么让他望着地上的陨石恍惚地想
那会不会是一颗曾经热过的心呢

第三十一节

山川河流奔向心灵
心灵涵盖所有生命
它们从心灵出发
最后又无可奈何地涌进心灵

他没有疯
仍然理智地活着

他想不通
他是准备着疯的啊

可是没有疯

在通往拉萨的道路上
朝圣者一个也没有出现

怀念宝玉

巴黎圣母院敲钟的丑鬼
站在院墙上对那美人儿说
下——边——的——人——
都——不——好——

第三十二节

苏联写阶梯诗的大胡子
肯定也想这么说
可是没有一角圣院
也没有一位美人儿
听他说　他
　　　　跳
　　　　楼
　　　　了

昨天一上班
他就开始寻找自杀工具
找到一把刀子后
又想起没写遗书

伏案写了半天
只写了两个字——妈妈
妈——妈
就什么都不知道了

第三十三节

对着几朵儿嫩蕾我直发愁
等着它们的还有漫长的苦难
一种噙不住泪的感觉
使我想起母亲流泪的皱脸
她将夜夜浮现于眼前
我——
啊——哈哈哈地
浪笑了起来

有一间房子
就开始用四壁
和地板
和天花板
重复我的笑声

第三十四节

虐待江河
江河才狂野不羁
虐待你
你的心才狂放如雄风高歌
不堪忍受
又在忍受中创造了奇迹

第三十五节

有一位诗人
就是我
在前来讨教的小本儿上
写道
感　谢　生　活

第三十六节

风卷不动
浪冲不动
美人鱼的媚眼儿诱惑不动的
是石化的人

所有被石化的感情
与所有被想象美化的未来
都是希望所致
认
识
石
头

第三十七节

自己的故事讲给自己听
一千遍一万遍地讲
一万遍一千遍地听
絮絮叨叨的老太太总是睡不着
对猜疑的事情钟情如恋人
对铁证如山的事实拒绝接受

第三十八节

爱情流产了
你们都做了一次真正的母亲
是人工流产术的罪过
不是你便是他
或许是你们共同的杰作
当然
不能排除蒙面人的蹂躏
为你们漫长的孕育致悼词吧
我想　追悼会不会很隆重
哀乐也仅限于在心室萦回
三分钟默哀
今生下世的一场悲剧

第三十九节

你说
如果我错了　九泉下
我也会哭泣
我的泪
若冲不开泉门
我就不是你当年的情人

第四十节

他说
我如果对了　天涯海角
我都会难于平静
我的心
便是你的盾牌

愿承受一切毒箭

第四十一节

你说
我不是一竿待淋的斑竹
我知道
我还会流泪

第四十二节

他说
我不是无影灯下的清白
我知道
你是我的影子

第四十三节

你们一起走进震中
但脑袋没有被砸碎
地狱里搏动着
即将断气的爱情

第四十四节

你说
我爱洁白
从内心白到外表
我是永恒的冰川
再不会融化

第四十五节

他说
让十座山的沉重压下来吧
我的腿若打一下颤
就不是忠诚的雕像
你的出走便不是绝情

第四十六节

那只立誓不再归去的小白羊呢
山坡上　已不见它吃草
暮归的黄昏来了　他——
只好扬起失落赶着失落

他走在山坡上
我不知道他会游荡到哪里
心中响着老贝的《命运》
口里嚼着老普的诗句

那只立誓不再归去的小白羊呢
你是否也像他一样的焦急
眼看夜幕要添净夕阳
你在哪里　你在哪里

第四十七节

有的时候
对诱惑的笑容保持距离
是最大的幸福

有的时候
对召唤的双手持之冷静
是最大的悲哀

有的时候
对诱惑对召唤都无动于衷
是一种极致

有位老头儿说
忍受着是人生最美妙的享受

第四十八节

人生由悬念组成
像天上的云
悬在晴空任阳光普照
所以壮观美丽
无论从哪一个角度看去
都会令人怦然心动

"前面的路——黑着呢"
我的总编老人这样说
说的时候很认真
怕我听不懂
又补了一句
"哪个人
不摸着石头过河
都会栽"

第四十九节

理解简直就是痛苦的再体验
无私的人
决不祈求人的理解

我的耳朵里
塞着那位老头儿的话
忍受
与阴间接壤
与阳世相接

一根红线
拴了两个世界
两个世界的风光
在心中旖旎
痛苦
幸福
在一条走廊大摇大摆地走着

魔法无边
无法阻挡

第五十节

那一刻
地光闪了一下
蓝光照亮了极地上的白雪
刹那间又黑了
我们

一下子清楚了叛徒的嘴脸
精

神

垮

了

死的过程

完

成

了

有两只苹果
弥散着芬芳地等在这过程之后

第五十一节

少男在花丛上空盘旋
被芬芳诱惑得情潮不止
体内随时崛起的珠峰
被一次又一次媚惑
直至进入渴望还阳期

悲剧和喜剧同时登场
泪水
却不知属于哪一出戏

第五十二节

是阴是阳
是一个星星模样的存在
可以看见

闻不到味道
比自杀有意义
比自杀更悲惨

弗洛依德笑了
他的理论
从东方古国的文人身上
又抽出了一条论据的筋

我在闹市的新华书店
发现了弗氏的崇拜者

第五十三节

想砸开一个核桃
看看心形的核桃仁
是不是赤艳欲滴的
是不是刻着自己的名字
是不是化作泥土依然金光四射
不好　砸　开　的
是——自——己——的
——心——灵——
寂静之极
想起冒着烟的大战之后的情景
慢镜头
爬起来　爬起来　爬起来
一遍又一遍地对自己下命令

但是
爬不起来了

我坐在家里
不用想我就知道
所有我们能够想到的地方
都会有哭声弥漫

第五十四节

这寂静需要用心来倾听

听见枪炮声的是智者
听见谋略声的是哲人
听见女人哭声的
是优秀的男人

我又想起了那颗坚硬的核桃
它的模样十分粗糙
但它是圆的
像地球一样
养育无数想象
在圆形的心宇
回荡圆形的旋律

尾声

循环往复
往复循环
循环往复之中
开来一列客车
第七节第十二个窗口
飞出一只鸡腿儿骨

望着远去的列车

它无可奈何地躺在铁轨身边

思念自己浑身的腱子肉

欲哭无泪

怀恨至石化期

此永远为阴

此永远为阳

1987.3.9　草

1988.3.28　改完

1997.8.4　删定

首发于1999年第五期《大家》杂志

新　生

我叼着一支冒烟儿的思绪

冷静地看着

一对同胞兄弟的肉搏

我感到他们两个还是不够残忍

揪着对方的耳朵时

总是揪不下来

因此就不够刺激

也绝对说不上精彩

精彩的肉搏惊心动魄
他们太文雅了
好像并不是男人的格斗

男人的格斗像夕阳壮观瑰丽
呼呼呼地涌血
染红天

染不红天就绝不是恶毒
恶毒是真正的单纯
单纯的极致
他们兄弟两个
太复杂了
复杂得连打架都打不好
还假作深沉
互相不说话可以延续个三年五年
这期间他们两个却没有一刻
不惦记着对方　还宣布
我们早就是仇人了

是仇人为什么刻骨铭心
为什么独自一人的时候
要猜想他的处境
要念着他

这是一种高层次的感情交流
是用决裂代替拥抱
是用肉搏代替亲吻
是用互相致人于死地来表达

永垂不朽的友谊
海枯石烂的爱情
是坚贞
是决不流失一滴感情的自我

……是终于没有在时间面前
低头的汉子
是诀别　也是再见

再见默默无语
沉默一如弹片
捡吧　所有的往事都将被捡起
被当作真正的世界名著反复诵读
虽然没有封面
也没有书名

我就是那两个肉搏的兄弟
我与我自己打架
然后又叼着烟
像读诗那样任记忆拽回刚才的格斗
在心里欣赏
一遍又一遍

哈哈　两个人
一人一句地诵读
一句吟八年
十句吟罢白了头
白了头的时候
书还没读完

好书只有头

永远没有尾

尾巴是我无意间拖长的哭泣

全部放开音量的时候

就必定着凉

凉透的尸体告诉我

那是惊叹号

是黑色的哭声

你从我的诗中读不出哭声

等于什么也没读

你读出了哭声却读不出笑声

等于什么也没读

哭声笑声你全都读到了

却没有读出骸骨的爱恋

仍然等于你什么也没读

这恰似我玩味儿着那兄弟俩的肉搏

发现没有仇恨

就绝对没有珍贵的宽容

于是　我在这里宣布

我又获得了一次新生

1989.3.20　兰州

首发于《中国诗人》1998年冬之卷

展　览

那年我的周身千疮百孔
似一洞一洞涌血的眼睛
从脚掌到后脑勺
浑身上下都是不能闭合的双目
它们替我困惑
替我推出为什么的慨叹
为什么啊
我没有喊
号叫的欲望沉沦为死寂的默哀

那些看见过此情此景的朋友
也都脱帽伫立林荫道前
仿佛我的沉默
使他们感到了死的宁静
他们就那样站在风中雨中
使我不免心动如潮
产生复活的渴望

我啊
我依旧忠于伟大的理想
依旧热爱我的制式军装
依旧思念远方的亲人
依旧珍藏美丽的回忆

并且常常痴痴地望着东方
使怀旧的情绪充满熹光的柔媚

我早已不是原来的那个我了
在一个又一个公式里
我被一次又一次的阐述和歪曲
被高明的编辑删改
关于我的定义
起先被想象夸张
而后被误解扭曲
鉴定的周身鲜血淋淋
却仍未躲过那善良的沉重一击

趴在看不清泥土颜色的夜里
感觉前是墙后是墙
左是墙右是墙
恨入不了深深土层
望天空
找不到一双熟悉的眼睛

亲人啊
你们距我多么地遥远
遥远得闭上眼睛
你们便同我亲切地交谈

我因此不再感到寂寞
甚至习惯于欣赏残酷的战争
……那位伤兵
他抽着烟说

一咬牙　什么事都能过去
这话像一位姑娘
使少年男子的我不得不追求她
将她赶到死胡同
吻她　爱抚她
让她从我真诚的热泪中发现自己被感动

我望着她赤裸的肌肤
牙关慢慢松开
怜欲悄悄东升
月亮啊
你看见了什么
什么能使你真正地颤抖

那棵老树
那棵老树枝头昏鸦哀鸣
使旷野弥漫了颗粒状的腥气
扑我脸而死寂地微漾
在我的脸颊十面埋伏
楚歌无声
心如潮涌

谁在空洞的穹隆朗朗大笑
我不知道那是谁
不知道在替谁乐得号叫
不知道会将谁的芳心打动
不知道究竟奉献什么才能获得真情
我在死海的岸边
任一海游鱼在心里畅泳

唯独那个不知道的家伙
诱我生气

时间停住脚步
给我一截没有踪迹的路程
让我的思索自由漫步
自由地走进一张陡变的晴天
为何无缘无故电火交加
为何倾盆大雨只向我泼来
而我的铅泪是属于决裂
还是属于言和

远去的河曲里拐弯
弯弯有翔鱼跳出河岸
挣扎地蹦沸活泼鲜汤
喂　　喂　一河的营养
喂不熟一只小狗

我被深深地吸引
鲤尾摇动抖作召唤
报不尽生身之爱
完不成终生夙愿

死亡　或者用死亡表达永恒
鹰翅和石头
构成真正空间
我在这里憎恨宽阔
憎恨宽阔里包含着的纯洁无瑕
谁是我敬仰的英雄

哪里的土地能给我邪恶的血液
和吞噬一切善良的巨齿
是谁？谁啊
使我的心与四肢如此善良和脆弱
如此不堪轻轻的一击？是谁

是谁？——

这万物默然不语的世界
你们绷紧了严肃的脸
笑颜和春山
媚眼儿和芳唇被剁了十指
我　冷冷瞅着
一棵小树
和一块汉碑
深深地感到凄凉
感到内心从未有过的充实
许多年和许多年
在许多年后的今天
告诉我
轻信是美丽的
美丽的就被强奸
不被强奸就不是美丽的轻信
所有轻信的人
和所有的施暴者
都是美丽的追求者
而追求不等于
不择手段
哦哦　我的周身千疮百孔

活着只是为了展览

展览这残骸的惊心动魄

和惊心动魄地看着

善良的慢慢变得奇丑无比

丑恶的慢慢变得美丽动人

腐朽与神奇

在专横的指下实现

更新一代的善良

在无声的风中变幻

邪恶使邪恶正点发车

善良使善良永远悲哀

而我　我依旧忠于伟大的理想

依旧珍惜往日的友谊　我是

信念活着的标本　我是

精神　不死的荒原

荒原啊　这是普希金的慨叹

艾略特的遗言

是一只小虫子啃着心灵的

隐隐的疼痛　我每时每刻

都在享受之中

从未脱险

我因此而活着

并且展览……

1989.4.26　兰州

1989.9.27　北京

首发于《中国诗人》1998年冬之卷

古 夜

这是一个布满杀机的夜晚
那座草房子和房中的桌椅板凳
都替若干欲望承担着预谋
包括那只喝干了水的茶杯
和那数截拧灭了烟蒂的指头
也都参与了这桩严肃的谈话

关于战争
是的　关于战争总有过盛的激情
在人的笑声中飞迸
在沉默中生长　在
我们吃饭或者穿衣的时候
不动声色地出动

我们的亲人们
和我们熟识或陌生的朋友们
他们可能正在大街上
用眼剜着新鲜蔬菜式的各色广告
或用十指抚摸着自己明天的华服
等等　而我姥爷的爸爸
他可能正在泥土的宫中隆隆打鼾
还有我的未出世的孩子

她或者他们
也在我的心中变成思想的等待
等待他们的父亲和母亲
在被允许探亲的时候孕育

但是战争从不在耐心的等待中诞生
在我们不注意的瞬间
它霹雳凌空而降
在礼花般闪耀的空间展露神姿仙态
在我们按梦中的情景作画的刹那间出现
突如其来的它
强行改变我们的思路
并啸嗷着命令我们——面对死亡

变形的脸　忧伤的鼻泣
右眼皮一劲跳动的疯狂的舞会
乱伦的奸淫
会意的嘿嘿
抽搐的耳朵在音乐中张开扩大

听吧
所有的哭声都意味着生命的颤动
而所有的颤动都告诉我们塌陷不可避免
我们在我们自己的土地上埋葬自己的亲人

在亲人的遗体上看见自己的悲哀
痛苦的永远不是昨天今天而是未来
未来像平原那样辽阔而肥沃
我们所有的痛不欲生

必将在其颗粒的团围之中自由奔放
一如最美的花朵
使人们的思路迎着十面来风
狂笑着大步流星
又如最黑暗的夏夜
逼迫我们伸出双手
在漫漫长夜抚摸着空虚的寂静悲呼
是活着
还是死去
或者不死不活地喘着动物式的粗气

让我们的耳朵变成真正的木耳
让我们的眼睛变成真正的足球
让我们的躯体变成岩石
让我们的心脏变成河流
是让战争改变我们
还是让我们改变战争

……这是一个
古老得连千年的松柏
都相形之下显得稚嫩的命题
我们却不得不使其
在我们的周身循环
它使我们成为重建家园的劳动模范
成为唯物者　成为作家
成为真正的诗人
而我们却蔑视它　背叛它
于是　我们的星球有了人类之爱
于是　我们的历史有了神话英雄

我们在爱情中活得痛苦
我们在英雄中显得平庸
我们在我们面对的日常生活中无所事事
创造艺术　发现科学
竞争健美的体魄
模仿得志的小丑
狂呼的成为歌星
卖淫的晋升总统
走私犯被少女的双乳激动得勇猛顽强
狼孩的诞生照亮了全球
我们不知道明天还将发生什么
什么事情还能将我们深深感动

我们在期待中困乏
又在困乏中期待
没有一个眼神儿
不暗示美妙的爱情
没有半个瞬间
不饱含永恒的生命
我们要面对的绝不是死亡
不是　而是祁寒中最小的雪晶
以及草房子和草房子中的
那只喝干了水的茶杯
和那数截拧灭了烟蒂的指头
都是我们每天所面对的一切
以及被这一切
填得满满的抒情素静的夜晚

1989.11.10

神　奇

——关于"无立场思考"的猜想

1

她们俩人互相妒忌
并上升为仇恨　上升为
肢体的语言　丽眼儿翻白
嫩藕白臂捣向挺立之鼻梁
两眼窝乌青泛紫
双颊面指痕历历
男性他独自一人默默无语
无立场的思絮缠绕着他
他被无立场的思絮纠缠
是她还是她　是破鼻的她
还是乌眼泛青的她
他理不顺畅
也抓不住同情和爱怜的藤蔓
男性他超然物外
女性的她俩彼此仇恨
他站在她俩的仇恨之上
想象她们俩人的仇恨
都是陷阱　他想
他不能陷进任何一方
虽然她们都是美丽的山水

而他也曾在其中遍览旖旎的风光

2

现在　他不知道是该扶起
破鼻的她　还是该为乌眼泛青的她
拭去泪痕　他想起了她们
想起了她们疯狂的呻吟
他站在她们中央　那滋味
美啊　他在心中赞叹
不知是该爱还是该恨
他踌躇地吸烟　在烟雾之上
向烟雾之下的她们回望
都很美　都不能舍弃
所以　他不敢偏袒任意一方
沉默　一支接一支的香烟
含着她俩各自的味道
迈着细碎的小步　慢慢地
在原地转着圈子　圈子
圈子　套着圈子
圈子里面还是圈子
他在圈子里面沉默
沉默的圈子里面仍然套着圈子
圈子　圈子的头上冒着烟圈子

3

他还是难舍她们那美丽的山水
还是忆起了自己快活的漫步
他身陷其中　他不能自拔

他在她们俩人中央继续吸烟

他成了无援的思想

成了她们俩人无援的情人

她呼　你看你看我的血

她叫　你看你看我的眼

呼喊得让他抓耳挠腮

嗥叫得令他手足无措

他急得找不到一个逃跑的地缝

她们俩人却呼叫个不停

仿佛　仿佛那呼那叫

一个是蓝天　一个是大地

一个是东西　一个是南北

把他围得结结实实

他被五花大绑　他被装入麻袋

他被她们俩人生拉硬扯

没有立场的他被四分五裂

她一只腿儿　她一只腿儿

她半个身子　她半个身子

包括心　肝　肺及肥肠

和耳朵　统统一半对一半

统统被瓜分　像他的立场

早已五马分尸　早已碎尸万段

早已随烟圈儿慢慢飘散

慢慢飘散

4

我的手呢　他叫

我的脑袋呢　他叫

他在她们俩人中央寻找自己的身子

他找不到了　举到眼前的手

他说那不是手而是树枝

看在眼里的腿

他说那不是腿而是猪的肘子

他双手捶胸　我的心啊

他说　我的心啊

你跑到哪里去啦

你跑到那里去了

我要我的心啊

他叫着　没肝没肺地叫着

在原地跺着

他认为不是他的双脚的

双脚　没肝没肺地叫着

他的叫声在她们俩人的心中

回荡　她们俩人的心中装着

她们俩人撕抢来的他的肢体

嘿嘿冷笑　他的肢体在她们俩人的

心中舞蹈　和着他的叫声舞蹈

他的胳臂摇头晃脑

他的大腿摇头晃脑

像现代的摇滚乐

像现代的迪斯科

抽　抽　抽

抽筋儿的舞蹈在他们的心里

妖美地叫着妖美地扭着

使她们俩人的心格外地颤抖

格外地美妙　同时

也使她们俩人之外的他

更加彻底地失去了立场

5

他疯了吗　破鼻的她问

疯了　他疯了吗

乌眼的她问

无立场的被有立场的她们俩个追问

他无言对答　她俩相视而笑

破鼻的她说　你叫啊　你叫啊

你怎么不叫了　乌眼的她说

你喊呀　你喊呀　你怎么不喊了

没立场的他　被有立场的她们俩个

追问得更加无言对答

她俩一个说

你不是说我是你的心肝肉吗

一个说　你不是说

我是你的肉亲亲吗

你是爱我还是爱她

你是爱她还是爱我

你说　你　说你个大废物

你个死哑巴　你个挨千刀的

臭男人呀　你个

忘恩负义的陈世美啊

6

破鼻的她跺了一下脚

乌眼青的她也跺了一下脚

她说　这废物给你吧

婊子才要他　她愤愤地说

这混球儿给你吧　王八蛋才要他

破鼻的她真走了

走了两个有立场的　留下了一个

没有立场的男性的他

他看看东又看看西

他看看天又看看地

他问谁呢　走了

走了　他问谁呢

东西南北中

天地间就回荡着他的声音

走了　走了　走了

香烟的圈圈儿散了

散了圈圈儿里的他

他口中的圈圈儿散了

圈圈儿留下了他——一个小黑点儿

7

走了　走了就是无立场的最后的立场

最后的立场　走了

那又为什么还询问　走了

谁走了　是破鼻的她走了

还是乌眼青的她走了　谁走了

是男性的他走了　还是

两个女性的她走了　谁走了

谁走了使无立场的他想起了问一句

走了　还是两个她走了使无立场的他

突然想起来应该问一问自己

是不是　该　走了

8

他将走向哪里
是走向破鼻的她
还是走向乌眼青的她
走向东还是走向西　有关
立场的问题　永远都是一个人
驱赶不去的问题　无立场的他
你走向哪一个立场　哪一个立场
能使你没有立场　能使你
不再去爱　不再去寻找灵肉的散步
与精神的寄托　你走
你走　你走啊
在这个圆形的世界上
方向是永远存在的　而选择
也是你的双脚不能回避的情人
更何况你的理想和你的亲人
都呼唤着你　都恳求着你
都催逼着你　你走
你走　你能走出你灵魂里的欲望吗
你的欲望能容忍你走出你的灵魂吗
你的灵魂深处没有方向吗
你能够就此永远回避选择吗

9

你选择　你就失去另外的选择
另外的选择就像乌眼的她
仇恨破鼻的她　仇恨你的选择
你要么拒绝选择　像拒绝生命

与一切尘缘断绝交往

你要么就去选择

就去选择被另外的选择仇恨

你没有仇恨但仇恨逼着你仇恨

你仇恨你便拥有了立场

你有立场你便有了仇恨

同时也有了爱　于是

你血肉丰满　于是

你立场坚定　于是

无立场的思考宣布结束

1996.3.29　凌晨1时20分于兰州

首发《绿风》诗刊2000年第二期

白　鹤

1

我看见一只长嘴的白鹤

从空中飞落在我的身边

我交给她一封写给情人的信

她便起飞了　飞得很高很远

我站在原地　站在梦的深处

像傻子似的愣着　凝望着

2

后来她又飞回来了
又飞回落在了我的身边
她的嘴里叼着我交给她的信
她没有交给她
还是她根本就没有接受

3

这用不着思考
爱情拒绝思考
我站在梦的深处没有思考
现在趴在桌上坐在椅子上
停留在梦的外边　　仍然没有思考
是的　　用不着思考
是的　　爱情拒绝思考

4

而白鹤仍在我眼前翩跹
仍像少女在我面前抖动裙裾
我不喜欢世事未通的少女
我现在最痴迷的
是风情尽知的月季
她每月都惹人心醉
她每天都令人神往

5

心醉的感觉制成了白鹤

神往的激情凝作了白鹤

白鹤拒绝替我传送情书

我拒绝做白鹤的情人

6

所以她在我眼前舞蹈

我赶也赶不走她

我把她当作霓裳

她把我当成幻想

7

我拒绝观看

我捂严双眼

我捂不住心窗

我挡不住梦境

她仍然在我眼前跳荡

我从未爱过这个可爱的飞禽

而这个飞禽却在我眼前

翩跹了若干年　若干年

她要告诉我什么

她要暗示我什么

8

我深深地陷入了恐怖之中

她为什么是鹤而不是其他飞禽

她为什么是白鹤而不是其他颜色的鹤

她为什么是雌鹤而不是雄鹤

她为什么白的都刺眼了　而且
就是在我的梦中她的白也白的
让我深受感染
记忆永新　这是为什么

9

难道她是我前世的情人吗
是那个让我爱得死去活来
后来又飞天而去的小妖精吗
一百年前　一百年前
她是奔跑在雪野并融进雪野的
雪的女儿　她让我唤她雪儿
我只唤过一次　只唤了一次
雪儿　她就飞了起来
她飞得那么优美
她飞得那么动人

10

从此　我就再没有看见她了
她使我苍老地感受到生命的纯洁
对于记忆的意义　庞大而又无际
无际而又庞大　她在穿越
时间的同时　又穿越了
我的梦境　我惊奇地发现
时间和我的梦融合在一起了
我的梦和我的历史
我的历史和我的经历与体验
融合在一起了

11

我从未像现在这么充实
充实得往事与未来凝结在一起
并幻化为白鹤翩跹　她不为我传书
她拒绝为我牵线搭桥　她还是
当年的那个她　她宁愿为了纯洁
而进入记忆

12

所有的记忆　全天下的记忆
都是生命极至的雕刻
而所有雕刻　包括心灵的雕刻
都是生灵的爱　幻化的啊

13

白鹤　白鹤
你这长寿与纯洁的生灵
你这记忆复活的生命形式
使我这个凡夫俗子
对爱情又有了一点领悟

1998.5.21　北京

首发于《星星》诗刊1999年第4期

洁 白

1

离的不远
两座房子的主人
却永远
在充满机会的时间里
错过了青年
和中年
现在
又默默地
度过了晚年

2

东边房子裹着
大眼睛的女孩
西边的房子裹着
俊模样的男孩
曾经有过
四只眼睛扦成两股绳的目光
被人们抓住
死死地抓住
然后

又被人分开
分成了两双眼睛四道目光
同时射向了天空
射向阴过晴过哭过笑过的天空
天空向他们展示完月亮群星
又展示太阳霞光
男孩天真地笑了
女孩默默地走开了
少年
悄悄地合上了影集的封面

3

她那惹眼的胸诉说着
一个少男膨胀的欲望
床上好像少了样东西
那个长熟的诱惑
开始在夜里
勾引心窝里藏着的
那个野丝丝的牛
那个劲儿啊
可以戳穿石板
可以压实虚浮
但没有
给小伙子
迈向那房子的勇气
她也没有生出翅来
只在梦里
做过无数次夜莺
飞进过他的心房

那个温暖啊
那根主心骨啊
那淹没周身的温泉水啊
使她思恋
使她打瞌睡
使她……那个想啊
想过了桃花般的脸颜
想暗了小伙子眼里的光亮
两个对过一次眼儿的
在两座房子里
男的不安分地来回走
女的无缘无故地落泪
走过了青春
落完了花瓣

4

他不跟我说话
嘴角儿做得多神气
我更神气
看我高高的鞋跟儿
敲响水泥路面
她这样想着
也这样有耐性地
数着一年又一年
月份牌上的日子
他每天
都读着她脸上的高傲
好像没有读厌
像一首地久天长的歌

总那么新鲜
新鲜的歌走过来了
他心里的自卑升起来了
看一眼就满足了
满足了的生命
有许多美妙的感觉
他还没有体验
便一脚迈过了中年

5

在一家贴红"喜"字的窗前
老女人站下了
望着红喜字湿了眼窝
湿了心
那老头儿说
这家小子结婚了
那老太太说
那家女子出嫁了
两个人站了很久
再没有说话
你看了我一眼
眼里充满了说不清的幽怨
我看了你一眼
眼里充满了道不明的心酸

6

一天早晨
小巷里传出一个新闻

老男人死了
老女人死了
他们死在两座房子里
老男人的枕下
有老女人年轻时的照片
老女人的枕下
有老男人年轻时的照片
他们交换过照片吗
巷子里的人都说：
真没想到
是一对相好

7

离得不远
两座房子的主人
却永远
在充满机会的时间里
扼守着希望

他没有向她的心房走过半步
她没有向他的心房迈进半步
扼守着希望
扼守得让人感动
让人落泪心酸
让人觉得
他们不是人
真有点像神

这故事发生在中国

一九七六年十二月一个早晨

我从一条小巷走过

听到的

1976.12.20　凌晨 1 点于三桥

我尚未弄清的未来

我尚未弄清的未来

这未来的一切
都在我的骨缝中隐藏
像阳光下的树林
朝着湛蓝的晴空和束束霞光
伸着懒腰　在我去与某位同志
洽谈工作和爱情的时候
它就深深地吸一口气
仿佛空气中弥漫的是智慧的芬芳
激情的香酪　我就感到内心充实
感到平凡的故事眨着眼睛
总是不解地望着我的面容
我为友谊沉默
也为爱情忧伤
所有未来的日子
都潜进我的心底
冲突随时都有
格斗也一如家常便饭
忍受成为享受
孤独汇成风景
我在那个插不进针的缝隙里生存
想到未来在招手

无数可能十面埋伏
我就颤抖地摸索着
使我无法作出判断的岩壁
我对时间一无所知
也不知道我动一动会招来多大的横祸
我只感到岩壁毫无疑问是冰凉的
而我的十指是温热的
在与不动声色的时间
和从不泄露天机的种种表情
一次又一次握手相坐的时候
保持与鲜花盛开时相同的颜色
表达真实
创造童话
而所有未来的一切
都在我复杂的性格中静静地等待

                              1990.2.25　魏公村

古　风

当你第一次进入我的耳池
我就听见你嚅动的嘴唇
在悄悄地告诉我
关于我的种种传说
使我从八个以上的方向

发现自己　发现自己

会痴痴地望着峥嵘的山水

泪如雨下地想起祖先

想起一位伟大的婴儿

第一次放进洁白的小床

发现许多乏味的故事

以及离别的滋味　而这

种种的发现　都像落地的霞光

在我的灵魂的地面上

溅起无色无形的巨浪

使我不得不产生横渡长江的渴望

和忍住大声叫喊的冲动

我默默地听着你

并被你感动

1990.2.25　于北京魏公村

现在我不能不考虑明天了

我被源自内心的向往折磨

所以我憎恨自己

在过去的岁月里

我为身外的世界生活

并且十分充实　甚至

连吃饭　都像应付今晚的瞌睡

许多可有可无的事情
侵占了我的青春
使我想起昨天
总是没有铭心的记忆

现在我不能不考虑明天了
不知道它会不会让我委屈地哭泣
我被我内心深处的向往激动
被老年的我
坐在湖畔沉思的神态感动
那郁结在心头的一瞬
与那漫长而又苦涩的体味
都被我拽出心底
就着夕阳灿亮的余晖
一遍又一遍地抚摸
对于明天是昨天的今天
并自言自语
使老伴儿在家有点焦急

1990.2.25　北京魏公村

大都市

静觅涛声
在大都市夜深灯明的街衢

喇叭声的波浪和喇叭声一样的
橱窗口　睁着
彩色的眼　嗖嗖
箭般窜出的狗
和像人般走来的笑容
狂叫了　你们
互相捏着可爱而高矮不齐的鼻子
表达什么

听　听心跳的声音

1990.4.10

留有余地的概括

可能是巴尔干半岛
也可能是黑非洲的椰林深处
乡村　千篇一律的乡村
穿着各式各样都市不再流行的
服装　默默地站着
砸完黑女人的
黑色的拳头　与刚从东方西部
丰腴的女人身上　爬起来的
那位不会哭泣的汉子
望着地上杂生的枯草

想起了大轱辘的木轮驼车

他说　你们走不出你们自己

而深灰色的苍天

眨了眨眼睛

泪如泉涌的乡村炊烟

便轻轻地向天空洒去

1990.4.10

什么声音

看天地交合的那个地方

太阳的毫光正在收敛锋芒

你们越来越不清楚

那些灾难

究竟来自何方

那些飘荡着鹿鸣与狼嚎的山林

和那些潜翔着白条鱼

和水藻的湖泊

隐隐传来的是什么声音

什么声音

能带着如此楔入骨髓的记忆

使你们想起过去

想起你们的少女时代

和少女时代的幻想

是
什么声音

1990.4.10

于　是

于是　你想到自杀
愚蠢而又可爱地
一遍又一遍地
重复着自杀的幻想
像钻进了一个古怪的字眼儿
东冲西撞四处流浪

同情狼狈的狗
羡慕自在而喜气洋洋的猪
没有一个字
是它原来的意思
没有一个意思
能被一句话包含
寻找
踏遍全球
找不准一个音符
能表达那种诉说不清的预感

它有些深奥又有些晦涩

它黑色的袈裟裹不住杀机
瞧　谁的念头冲进了天空
那些云
那些云啊

1990.4.10

体验过的音乐

那些云像体验过的音乐那样令人心动
它们在男人的心上流淌
在天地加四壁合围的地方
弥漫着看不见的瘟疫
使相思互相感染
忧伤无所不在
它们与灾难合谋内外夹击
并佯装死寂
问你　问她
是重新体验生的旋律
还是蹈着死的火焰坦然歌唱
那些云像体验过的音乐那样令人心动

1990.4.10　于北京魏公村

恐惧之美

恐惧之美　妖如躲闪瞳眸

灿似战惊抖索之十指　大街

移动黑色淫蚁　一个一个

一个挨一个　界桩

城堞　脸皮张张

自办公室至厕所至恩爱之吻

至新婚婚床　盛开意识形态

以及楔入心室之刃　恐惧之美

一如低三下四的侍者

新贵欢狂浪笑　露整齐洁白

毒菌层层的贝齿　似刀

在你在他在岁月的漫长里

屠杀欲望　并接近英雄

恐惧之美　在阳光之下

盛开深寒之夜的莺泣　使肉色的心

开始发声　悠悠

幽情如月　照声声吉他琴曲

表达岩下纹路奔突　于你于他

于大地所有沉寂的背后

缓缓浮现　恐惧之美

妖如美女膝下

乞求的目光　真诚至掏心剜肺

仍觉心虚　仍觉　不堪一击

故而抖索　故而

拿不稳一张薄薄的饭票　何谈

天上宫阙　恐惧拥抱分分秒秒

伟大的爱国主义　和

古老的英雄主义　和

不可一世的诗人　都他妈的

钻进抖索的十指

和筛糠的身体　恐惧之美

恐惧之美无所不在　包括所有艺术

波德莱尔和王久辛

启窍之眸瞥见恐惧之花

一如世界全部的魅力

正于此弥沸芬芳　嗅嗅

我又一次陶醉于首都华灯初上的夜晚

1990.6.30　下午 3:50 于北京魏公村

是　语

是语如下　一点一滴

点点滴滴　一分一秒不停

下　下　下来的带着唇温

含着舌鲜　悄悄摸进

或一次次遭到拒绝　是

或者不是　都是

是　是对你说

它想说的谎话和真话　不听

不听就是一种听　听就是一种不听

一种不听接近一种想听　一种想听

往往是一种讨厌听　是　还是

不是　是一种对立统一的鸟

飞翔在对立统一的天空和

大地之间　飞高飞低

飞快飞慢　都是

是　都是这之间的是

是是永恒的存在

也是永恒的虚无

是对你说　你是

你就是　你是也不是　你是你

你就是你　你不是是

也不是不是　是语如风

吹过来　吹过去

或者根本就没吹来

是　或不是

又该怎样表达

1990.6.30　于魏公村

313

他 们

一群脆弱的人　像我

蜷缩在明亮的灯光下

侃　天并不理解

任何团结的臂膀

就一丝一丝地褪色了

而明早又会一星一星地

再爬上七种颜色　那一群人

有一个会在东方　有一个

会在西方　有几个在北方

还有几个要在南方

酣睡　匀匀地呼吸

捧着蒲公英的花冠　轻轻地

伸开梦蕊　东方的先亮

西方的后亮　南方北方渐渐明亮

与分裂的念头　和团聚的欲望

没有一根一毫的联系　仍像我

一个人望着飞翔的蜻蜓

想象着自己血液的循环

懒得去猜

不会流动的情肠

一群脆弱的人　因为

脆弱　需要互相安慰　我看见

我走在他们的心原上　而后
站住　又望了望自己的眼睛
小溪里的眼睛
诚实的目光不会讲话
像犀利的思想难容苍白的诗行
我的双脚踩疼了他们
我知道　但决不彷徨

1990.6.30　于魏公村

赐我长剑

赐我长剑　碧空
游我云丝缕缕　你永远不懂
我掌心上的航线　我
梦中的幻境

赐我长剑　月光
腰斩孤城风风雨雨
我作未来的遗址
在今天崭新崭新

1990.6.30　午睡之后于魏公村

亲爱的水

当你完成上天入地
这渺小而又伟大的逶巡之后
我就知道
我非喊你亲爱的不可
你在我的血脉中哑默地流淌
我写诗的时候你替我的指头运气
使我获得诗人
这个与乞丐同义的美誉
为此我感激你
感激你使我亲近不竭的历史
又使我厌恶狭隘的心灵
我将永远写诗
写水一样自然而又灵动的诗
并穿梭于天堂与地狱之间
为感觉的汹涌寻找河床

1990.6.3

为康悦宾馆而作

你们应该琢磨透所有人的心思
并揣摸出规律
制成居住须知那样
制成条条款款
供人下意识走进开放的道路
或者房间

1990.6.3

回望激情

意大利　这三个字所包含的音阶
告诉你　那是一个波尔卡旋转的草坪
是起伏的流线型原野
是情人的好去处
是春天的花蝴蝶
它使你留恋生又使你向往死
特别是无法产生旅游爱好的时候

因此要慢条斯理地说
有百分之九十以上的诗人
为向往浪费了激情

1990.6.3

设　问

你戳一刀就戳一刀
我不打算责怪你的锋利
也不打算询问不够坚韧的胸肌
既然血流不回去
既然防范的手段
从初识就没有披挂铠甲
我的语言能替我的生命
吼出怎样的豪言壮语
插在桌上的三角刮刀
就是作为静物
也远比我的唇舌尖利
我还能说什么
说什么能经得住刀的剖析

1990.6.3

极致一种

那么　还是大步走回来
坐在自己的心上
抽支烟　抽烟是世界上
最单纯的呼吸
是轻松的蹓跶
是对空气的放肆
同时　也是
用烟草对自己肌体的悄悄探听

1990.6.3

猜想某某某的一个媚眼

这是人类所有猜想中
最动人的猜想
它可以将你带入一个人的床上
自斟生命的芬芳
玩味所有的欲望
使你憎恨种族隔离

酷爱奔放的诗人
渴望与穷困的书生一起犯狂

1990.6.3

死

死或者在不该死的时候
死　比如
死作为一种
获得方式
很容易占有
占有死的先人们
你们又准备欢迎谁
谁在城墙下欲死不敢欲生含羞
惹你们生气

1990.6.3

天　空

飞奔的天空和凝固的坦克

包抄与驻望的导弹与氢弹

猛钻泥土深处的飞机头　等等

在躺着的天空下面

翻滚着硝烟并连带着火光闪烁

不动声色

冷冷地感染着我

我仰卷起身

双手撑住地面

头低下来

看见金灿灿五颗太阳

自领叶一颗一颗地放射光芒

我被击中

并看见了牺牲的蔚蓝

和英勇的鲜红

于是再次倒下

天边的皓月再次呈现橘色的美好

我看了很久

很久之后的天空也看着我

我说　兄弟

你原来并不像我的想象啊

一片寂寥弥漫

我看见　我位于正中

1990.6.3　北京

一种速度

小丑　我无法想象
我内心深处产生的一种速度
一秒钟的十分之一的时间里
我完成了对某位至尊长者
到一个小丑的漫长想象
这使我顿时吃惊　又使我立即兴奋
并体悟出生活的的确确缺少发现
比如喇叭筒拐一个弯
分成两丫　然后分别进入鼻孔
然后双耳被它经过
轻轻伸出窃听的身体　优雅
当然可以公开　做耳轮状
做烟灰缸的表情
干讲不出来的勾当
做看不见的事情
一如诗人　一如那种
既缺少诚实又缺少灵智的诗人
永远在自己都没有兴趣的诗意中
表演虚伪的才华
出示无能的智力
所以我惊讶　一个小丑
诞生在我的内心深处的过程
竟然用不完一秒钟的十分之一

你信还是不信

我体内的这种动人的速度

1990.7.4　凌晨 1:10 于北京魏公村

许多事情我都没法去干

于是　我只好去威武地

拈着笔杆　指挥语言

在想象的疆场上

变幻句子的队形

命令它们不断进行冲锋

发现坐山观虎斗的情趣

体悟一句过头的话

如何在死胡同渴望翅膀

并猛然间想起某年某月

与这句话同样尴尬的自己

然后默不作声

将这种经历记录下来

一次又一次地记录下来

将它们制作成语言的预备队

让它们耐心等待

我突然要调动它们的灵感

这种念头常常出其不意

而且老是吓得我够呛

使我不敢轻意张嘴

怕泄露与我的嘴唇一样多情的语言

在这种时候

我就去指挥语言

命令它们潜进意象的深夜

蘸着月亮的毫光

急行军　大拐弯　突围

冲锋　前仆后继地勇敢向前

在知道必死的境界里

也坦然而去

不追求永恒

只渴望速朽

渴望被发行之后

又被尽可能多的人民大众

确认　替他们抒发了感情

许多事情我都没法去干的时候

我就是这样生活的

1990.7.23　北京魏公村

人们吸吮的永远是灵魂的汁液

若 何

万年之后若何

万年之后我于亿尘之中

回顾万年之前骐骥之蹄闪亮的光芒

旌旗林立　鼙鼓嗡嘤

含泪注望烟尘飞扬中的片片孤云

切唇之齿迸出红血惊雷

仇怨无声　杀戮匿迹

古原上又有古原于万年之后

呈古原一片　使行者

战战兢兢荒凉得可以

而我为亿尘之中

难辨面目之埃　在随便什么地方

拈花惹草　得意并摇头晃脑

为不曾渗入历史的泥层

而与四季同荣共朽

万年之后若何

1990.8.8　下午于兰州

无　语

风流总被雨打风吹去

风流者谁　高昌遗址上

脉脉含情的蓝月青星

不可能不落在残垣断壁

而风流者谁

戈壁渐暗的星月之旅

一上一下　一下一上

起伏哟

我不可能面对这微风轻抚的夜晚

吐出一句有声的话来

死寂　默哀

谁听见我满腹的古歌

于此间旋舞着怀想　谁

想象我狂妄的狞笑

谁　一群又一群昏鸦生翅

一只又一只盲吼的激情冲出金笼

我无言　沉默被风吹干

被时间沤烂　仍无语

只有一种念头在骨缝中冒烟

足够一生咀嚼

荒原　西部　古月

辉煌　现实　人生

这幸福我不曾伸掌面世　我问
谁家的风流
总被雨打风吹去

嘻嘻　嘻嘻　我在我骨软心柔的周身之中
经历过这种跻身而过的潇洒境界

1990.8.8

河西一瞥

众生　土壁泥盖的屋舍
可是你露出的半只眼睛
你看见了我　我真真切切看见了你
目光　自那露出的半只眼里
胆怯地伸出来　龟头一样
伸出来　伸到我的脸上
我的脸开始毫无感觉　而后
有了小虫子叮咬的奇痒　我便用手指
抠那痒处　一下一下地抠
抠出了另一只眼　然后
又抠出了沾灰的鼻子　和金黄牙嘴
和一张褶皱起伏的脸　我望着这张脸
这张女性的并拥有十一个孩子的脸
立即蔑视语言　这张脸渐渐放松

后来　干脆对我笑了起来

我也感到非笑不可

于是　就笑了笑

我笑的时候　天空白云悠悠

远处　古树秃立

我的北京吉普的马达　开始低吼

于是我冲那张脸笑笑　扭身

闭上眼睛　急跑了起来

现在我才想起我急跑时脑袋里的声音

是一张河西女人的脸　化成的

1990.8.8　兰州

西部概括

虚名如铁　如锈迹斑斑

如凝固的时间一瞬一瞬

如一瞬间喷入体内或子宫的激情

而喷射者与之有了永难弥合的距离

所有的人　都在这之间

走着　漫长而又遥远　鲜花　情侣

凌空的鸥　近海的燕

眼里的风暴　心头的狂涛

因激情的流失

抚不平今生下世的声声呼唤

我仰头　我仰于
这之间的路上无雨的西部
西部　西部名实相符
西部无雨无水　西部不容夸张的表情
西部　西部拒绝所谓的激情
西部没有子宫　西部不会孕育
不会孕育的西部能够理解狼嗥的种种
语言　西部不理会任何人的胡喊乱叫
并且讨厌伪君子　讨厌领袖欲
讨厌舍我其谁的水浒英雄　西部
西部　西部以耐旱的梭梭红柳冰草
等植物　而使西部的山系在白雪之中
步入珍贵的春天

西部永远无声　我于无声的西部
听见有声的西部在孤寂的山奔水流里
悄悄地笑着　是那种陶醉式的默笑
只是没有声带　虚名因此如铁
而名实相符的激情永远没有发射
童颜鹤发的西部　拒绝子宫
字正腔圆的西部　厌恶表演
禅宗圣祖的高原古刹　喜于宁静
艺术大师翻着流行诗歌嘿嘿冷笑
我于这冷笑中颤抖手指头
尔后也这样冷笑
你听　不仅是风声

西部　西部　类似你喊阿西　阿西
阿西们的街　躺在西部的肚子上

1990.8.8　夜于兰州

黄昏及诗艺之外的我

游于艺　艺被人游
游人如艺而艺泛滥成灾
我呵　我永远也不会
巫言诗法气动　不渡大师方步
不以无为而能的智者著称
痴于杜甫茅屋
狂于李白老酒
洒满眼穷困贫寒之苦泪
为自由的语言寻找奔放的河床
语言呵　我走近你的时候
赤裸着全部的感情　你愿我如此之露骨
愿我从西部土屋出来　弥放羊膻吗
就这样　这样我昂首阔步
游于艺之外　并追艺而去
黄昏　黄昏能够看见
牧鞭之上的群星　看见……渐暗的
西部的山峦　唇线起伏哟

1990.8.9　于兰州

根之围

根之于泥而泥于相之围
我之围是一根又一根舌头
和舌头翻卷的柔软体操
和柔软体操之后弹片落下来的声音
是声音袭击我的泪水
并使我泪水中的皓月与繁星
泛起粼粼波瓦　我站在我的泪之湖岸
凝眸　默想　有一个顽强的声音
开始生根　开始在我撩起的水花上
闪烁刹那间的幽默　闪烁无声的色彩
我站着　对自己自言自语
而那声音的根茎　那根茎
却在空中飘浮的风叶中乱窜疯长
使我想起它们来
就想号令三军　就想排山倒海
就像从奴隶到将军那样
咬住牙关　不出一声
不出一声　咬住牙关
在一根又一根舌头的我之围中
忍受隔膜　并且一天　又一天
隔膜源自舌头之桥
我拒绝走过　拒绝接受人为的风景

在根茎之末梢神经　我常常激动于
最平凡最普通的一件静物的纯净

1990.8.10　于兰州

骨　头

你早该来了　你来吧
天地玄黄　骨头
骨头　日月洪荒
你来我仍然在此
仍然坐在写字台前
读朋友的诗集
读你在我心头留下的遗憾
读一种咬嚼不碎的骨头
天地玄黄　骨头
骨头　日月洪荒
你早该来了　你来吧

1990.8.10　于兰州

有一件小事有关我的清白

我不期望任何人原谅

一种真诚的丢失　竟然不辞而别

连邮局也不当回事　就飞了

就跑到了　我永远

也感觉不清的黄河水中

它冰凉　并且浑黄

它躲在一个又一个

弄不明白的泡沫的破灭中

一天又一天

一月　又一月　我固然

仍然是我　你固然仍然是你

在这之前的我　和在这之后的我

都是我　我知道

我仍然觉得　在这之前的你

和在这之后的你　一样是你

而我多了一个谜　像投入黄水的目光

拒绝我的浮现　使我对眼前的世界

怀有了另一半的猜想

1990.8.9　于兰州

豪华背景

我永远站在荒原的尽头

站在夕阳和一棵古树的前面

我的一切的一切

都绘在这款幅的每一粒空间

表现着我固定不变的双臂

腰脊　和目光

和那能传达喜悦和忧伤的瞳眸

在款幅的斑斓瑰丽

和我肩背上的时间里

金橘色的光芒漫漶真情

漫漶几度夕阳红的试问

我说　深情一钱不值

邪恶也无动于衷　来吧

爱我的人　和恨我的人

都来吧　来吧

我永远站在荒原的尽头

等待被我身后的夕阳和古树抚摸

等待你被抚摸之后

确认我的手　是唯一的

1990.9.25

致后人

没有先后　孩子

孩子　没有先后

你在我们的家里是唯一

一双　能够看到六十年后

任何一个清晨的眼睛

你将最先看到

你的父亲你的祖父的父亲

以及自你之前的一代代父亲们

看不到的太阳

所以没有先后　孩子

孩子　你自信吧

绝对绝对没有先后

孩子　没有先后

没有先后呵　孩子

对于真理的发现永远没有先后呵　孩子

1990.9.25

灵魂之华

我拒绝忍受的痛苦是我至今
仍然心向往之的一种陌生的境界
那里大草横着生长
土地抖抖索索
山摇摇晃晃
而水如利剑　浪笑于地层深处

我的真诚呵　上帝
在我的痛苦之中昏昏欲睡
我不理解误会
也不理解仇恨
我认识的爱情钻进我的灵魂捣蛋
我平静的日子
在往事的回忆之中描绘峥嵘
被自己的脆弱伤害
被自己的坚定感动
憎恶敏感
痛恨麻木
左闪右躲的时间歼灭了率真的灵感

我拒绝忍受的痛苦是我至今
仍然缅怀着的一年又一年流失的阳光

它们像我的热情一天比一天冰凉
它们渐渐进入风的纹路
承受越来越深沉的慨叹

我的血性呵　　上帝
在我的忍受中越来越光芒四射
首先理解沉默
而后认识等待
我看不见的未来在梦中闪烁
我骚动的生命
在四肢的运动之中愈呈强健
笑看术士卖弄
冷眼狂徒吆喝
我向往的一种绞杀是不动声色
我进行的一种战斗是视而不见
来吧　　我只需将眼轻轻一合
我拒绝忍受的痛苦是我至今
仍然心向往之的一种陌生的境界

1990.9.25

自问的意义

预感不妙常常来自于叩心自问
自问　　自问　　自问就是活着的四肢

在风中蠕动的一次次停顿

而肤孔张开
瞬秒之中接受了否定或肯定的纷纷冬雪
冬雪　是冬雪那苍白的脸
潜入周身的一刹一刹的凉意

凉风在骨头的廊道里嗖嗖
嗖嗖地窜动　是钢铁的窜动
地铁列车呼啸而至
我要去周口店猿人穴洞

1990.10.23　北京

人们吮吸的永远是灵魂的汁液

我是首都北京扔在大街边的
易拉罐金属盒　我被无数人扔
被无数张涂红的嘴吮光体内的液体
我的灵魂　我水状的灵魂
你知道不知道　我的诗
你知道不知道
人们吮吸的永远是灵魂的汁液
而不是你躯体的形式

我因此当啷地闪烁了一声金属的颜色
闪了一声贴了商品标签的眸子
你看　你看　我让你看我的躯壳
被无数人扔掉的事实

1990.10.23　北京

我们的春天

我们的春天从我们热爱的一切
走来　就是在最冷的时候
我们也热爱着阅读
热爱着炉子和暖气
热爱着不曾握手的先人
和先人那看不见的深刻的思想
热爱　热爱我们尚未弄清的未来
热爱未来那猜不透的心思

我们的春天
是从我们热爱着的一切走来的

1990.10.23　北京

不　行

有的时候　这两个音阶至高无尚

金光万丈　在最深的泥土

和最远的地平线　它金光万丈

像追求爱情的哭泣　真挚

动人　一闪一闪

闪进梦的拐角　并进入坚定的钢铁

钢铁砸在地上

留一个坑　一个无言的不行

不行　不行

勇气没来的时候　怯懦

并且接近猥琐

接近耳光子抽不醒的酣睡

不行因此备受折磨

备受折磨的不行也为此更加明亮

在勇气尚未到来的时候

它高贵的头被捺着

而更为珍贵的思想随即诞生

不行　不行　不行

谁在梦中顽强地呼唤

像一柄捅进心脏的匕首
在穹隆的深处　闪耀最高贵的光芒
谁？不行　不行
勇气推出的是这两个音阶
而思想推出的是无畏
不行呵
你不幸被稀有的热血又一次说中

1990.10.25　北京

进行时代的方法

那些高尚的人

他们生活在完美的幻想中
为了幻想
他们常常一动不动
经过身边的风
没有察觉他们的存在
他们一动不动
为运行的世界
照常运行
脸像岩石那样僵硬
眼睛也喷放着
最简单的呆板
一动不动　一动不动

许多年前
他们就这样生活
做那些让人感觉不到的事情
并且无视自己的心情
他们不管刚才怎么想
现在却要拿出行动
消灭刚才不太美妙的念头
而后为自己的行动愉快

为自己的纯洁
而越来越自信
一天又一天　他们
就这样度过一生的岁月

他们在他们自己的往事中
发现误解对一个人
是多么严峻的考验
而后看清了坚硬的真实面目
短命　含冤
并且还毫无悔意
在深海一般的梦里
他们总是游回完美的幻想

1991.1.19　兰州

咽了一半的爱情

那个爱情故事
在那个老兵的喉节上蠕动
眼里的光
在艰难地向外爬行
他说不成话
所以坚持沉默
在这一段时间里

他首先知道了难受的另一种方式
而后见识了噎的滋味
而且对部队受阻的体验
也有了立刻与生命接通的发现
他妈的
他在心里不是滋味地骂道
而咽不下去
就是咽不下去
一如昨夜的风雨
淋湿了关于天的所有梦境
却找不到火
也找不到太阳
眼前一阵昏暗
再睁开眼睛的时候
故事已经讲完
而余音仍在心里
一会金光万丈
一会河水碧蓝
弄得他内心的一切
都有了颜色

他没有料到

1991.3.9　魏公村

再生之歌

欢蹦之鱼尾

如欢蹦之琴键

在我长指之末抽搐

你握住我的抽搐了吗

在欢蹦之鱼尾

和欢蹦之琴键的我之脊背

你爬了上来

你爬了上来

如汗珠在颈项滑落

我牺牲了

我再生了

1993.7.27

开头的烟缕

开头的烟缕

在他和她的指尖上缠绕

围绕着爱情与理想

一缕接一缕
不停地从他的嘴里和她的嘴里
出来　又进去
是两股轻烟的撞击
又是两颗心的碰撞

开头的烟缕
在啼鸟的鸣叫中散去
没有玻璃
透明的世界不理解透明的空气
被他呼出又被她吸去
一吸一呼
均在无声的音乐中逝去
并且不留痕迹

开头的烟缕
在结束的烟蒂的拧熄之际
静静散去
没有故事
所有的故事都在理想中收藏
也都在爱情的悲剧中消失
谁还记得开头的烟缕
还记得开头那仙云般动人的烟缕

1994.12.6　兰州

争论的天空

是八个人八个观点的热烈争论
天空记得
八个观点像八朵玫瑰
八个人八个人
八个人为一个事情
变成了八朵颜色不同的玫瑰

玫瑰　玫瑰
可以让人想起某种秘门的玫瑰
是八扇秘门
我曾经非常幸福地走进过的秘门
你们何必为我而劳心
痛苦地回忆起向我倾诉的夜晚
是八个夜晚
多么美妙　都是夜晚
玫瑰　你们可以争论了
关于天空
那是自由的我
我在你们向我倾诉的夜晚
帮助你们倾诉
如行云流水
如流水行云

玫瑰　美吗

美吗　玫瑰

你们现在为我而争论

所有的语言我都听见了

无论你们在哪里

我都能听见

我是天空　天空

是我的耳轮

八个人八个观点的不同争论

是关于一个人和八个人的关系问题

他们难得相识

又难以订立友谊的盟约

而我望着他们

想起了八朵玫瑰

和八扇任我自由想象的秘门

我想　上帝真好

玫瑰真好　你说

对吗　自由的天空

1994.12.6　兰州

恐怖的眼神儿

宝贝儿　你看见了什么

宝贝儿　什么被你看见
我记得你在地铁深处
紧紧地抓住了我敏感的神经
你说　真美
我不知道你看见了什么

你的恐怖使我的眼神异常的尖锐
我看见了地铁列车的车头
忽的一家伙
冲进了另一截隧洞

你说　好可怕啊
真的可怕吗　你又说
真的　好美好美
但是　就是有点怕
地铁列车停了
你的手松开了

1994.12.6　凌晨兰州

谋杀的雨夜

现在就剩下一个项羽了
所以刘邦对项羽的思念
也更显得迫不及待
雨下个不停

夜的颜色雪白
刘邦的脸
在闪电中露出慈祥
天露了　大雨如注
谋杀比追杀似乎更为寻常
也更文明
不动声色的残忍
虽然也是残忍
但毕竟未露凶相
高明的刽子手
到底与屠夫两样

天露了啊　大雨如注
一根又一根雨的柱石
又怎能撑得起项羽的吼声
在这个阴谋密布的雨夜
刘邦胸有成竹
项羽空怀壮志

1994.12.6　兰州

复辟的喜悦

再也不用嘀咕了

小人国里的皇帝和丞相
现在可以放开手脚地大干了

只是没有了嘀咕
似乎胆子竟然颤乎乎的

再敬告你一声
不用再嘀咕了
遥想嘀嘀咕咕的当年
阴谋刚刚展开
睡眠总嫌不够
而嘀咕的嘀咕又总也嘀咕不完

嘀嘀咕咕的夜
与嘀嘀咕咕的白天
就这样交叉地嘀咕着向前
现在一切如愿
反而冷淡了嘀咕
怎不叫人思念
复辟的忧愁皆在于嘀咕的消失
而复辟的喜悦皆在于对嘀咕的渴盼

1994.12.6　兰州

追悼的颜色

当刽子手与念悼文的
是从一个鼻孔里出气

吸进去的与呼出来的气

就是同一种颜色

使我想起钢铁的锈色
还像花儿一样

盛开　一朵又一朵
还编成了花圈

献给谁呢　对于我们这个
永垂不朽的名词

谁会接纳它呢　对于我们这个
正在成长中的代词

当我们的名词与代词
并不能真正表达难过

我们期待着的凯旋
与追悼　又有什么区别呢
谢谢　我对悼念的记忆
仅仅是一种生锈的颜色

1994.12.6　兰州

安慰的流水

安慰的流水像诗一样流出我的身体
真的　像诗一样在诗友的心里盛开鲜花
你们都是我的情人都能理解我的呓语
而我的呓语不是就像美梦一样静静流淌吗

安慰的流水流过历史苍茫的昨天
又流进了今天　今天谁又能阻挡我的涌流
直到我枯死坟前　安慰的流水啊
安慰的流水啊　你不就是美美的呻吟吗
安慰的流水安慰的流水　容留我汹涌的
河床　你难道没有胀破的快意和美死的
窒息吗　安慰的流水　安慰的流水
我的永不枯竭不正是你永恒的安慰吗

安慰的流水像诗一样流出我的身体
骄傲的我没有学会谦虚却懂得奋进
你说奋进不进　那是一个多么让人难过的
事情啊　而我却宁愿长流水不问流向哪里

1994.12.6　兰州

人与非人的界限

背叛人　就是拒绝接吻

拒绝关怀　就是拒绝抚摸

就是打断了爱人的第三只腿儿

还振振有词　还发表社论

和庄严的声明　就是将

所有非人的东西强加给人

又说　人不是东西

1995.6.22　兰州

无　题（之一）

想起你

我的手指像粗壮的萝卜

在深厚的泥土之中

越长越大

你无法想象它的茁壮

你无法感知它的俊伟

你无法在你的想象之中
品味到它晶莹的甜蜜

你想死它了
我知道　你的想象
无法深入泥土
无法在想象的泥层中生根

你只好去感受了
美丽的小河
深夜从梦中流过的小河
你流吧　流吧

只要我不死
只要我的粗壮的手指不死
你就流吧　你就在
白天一样的床上　流吧

点点滴滴　滴滴点点
那精神的梦液让谁渴饮
让谁像一位新娘
贪婪地热爱生活

1995.6.22　兰州

没有过去的人们

不只是提琴可以拉出
都市墙角的木匠　和乡下
刨土的老农　亦能在油灯的晃动中
轻轻地哼出　危险　危险

危险的前奏在黎明前拉出
像鼾声　一起一伏
一起一伏　捡拾垃圾的少女
购买劣质香烟的工人　拉客的舞女
陪酒的女郎　还有出大力的
搬运夫　四处奔波的采购员
和才华横溢的乐队指挥　流落街头的
艺术家等等　都是危险的
前奏的演奏者　都是明天的向往者
今天的勇敢的创造者　他们凭借
向往　珍惜生命　忍受贫困和孤独
在没有未来的现在　流汗流泪
孝敬母亲和父亲　爱妻子或丈夫
和情人　用微薄的收入
资助朋友　或消受生活
他们没有过去　现在是他们的唯一
所以他们可以感受到泥土的芬芳

也能够享受到不被正眼相看的幸福
没有什么值得留恋　失去的不是自由
得到的也不是甜蜜　所以他们能够
满不在乎　满不在乎　你看　你看
你看他们那满不在乎的神情
那是危险的神情拉出的危险的前奏
你听　你听　你听啊

1995.6.22　兰州

进入时代的方法

一个人和一个时代
一只蚂蚁和一片蓝天
欢呼与歌唱　诅咒与谩骂
与滚滚的洪流有什么联系呢

与一个人联系最多的是什么
与一只蚂蚁关系最密切的是谁呢
除了钱我们还需要什么呢
除了生存蚂蚁能有什么样的追求呢

我们追求的目的是什么
蚂蚁们活着是为了改造世界吗
这些令人沮丧的题目和问题

哪一个能比之爱情更美妙呢

这是一个允许任何人
去爱任何人的时代
而所谓时代　就是一个又一个热吻
连接起来的日日夜夜　如果
你度日如年　如果你
不会去爱　那么你就是
对这个时代的反动和背叛
就是对自己的无视
有什么问题能比无视自己
更可恶的呢　既然允许你去爱
既然自由已经交给了你　你难道
还不把自由与爱情的里里外外
完完全全地消受个彻底　你
还要干什么呢　如果你所从事的
不是爱的事业　那么
一只蚂蚁与一个人
又有什么区别呢　我让你去爱
让你在贫困的祖国生个儿子
或者女儿　你不觉得这是一个
壮丽的工程吗　在这个生命工程的
深处　你像一朵鲜花
在另一个另一群人的心头
盛开　花儿　花儿
花儿为什么这样红　你的妩媚
你的妩媚如水　在谁的心上
像霏霏细雨　霏霏细雨
沁人心脾般地令人难忘

令人恨死你　你不觉得

你是一个属于自己的人吗

让人恨　或者恨人

这就是一个进入时代　或者

进入祖国的方法　让人爱

或者爱人　这又是一个进入时代

或者祖国的方法　选择

是自由的　也是民主的

像我的诗　是自由诗一样

我就是一个会恨会爱的人

就是一个吻接一个吻组成的时间

我让时间写满自由

我让自由充满爱情

1995.6.22　兰州

无　题（之二）

遭受袭击的人倒下去了　而持枪者

却悄悄地笑了　笑出了声　作为观众

我们什么都看见了　但是没有出声

我们在我们的心里为倒下去的勇士默哀

为活着的持枪者而感到羞惭　我们说

开枪吧　人心经得住岁月的洞穿

1996.6.29　兰州　　359

无 题（之三）

小子　你行　我不为勇士落泪
也不为你悲哀　我知道
我只要心怀了这一份公正
你的歹毒就是有限的

1996.6.29　兰州

楚怀王的大脚

大脚　像天一样的大脚
落下来　落在项羽的背上

项羽扛着那双大脚
走了十里又走了十里
十个十里让项羽认识了
十面埋伏加四面楚歌

他没有哭　也没有笑
他知道天道不留人

也知道脱胎要换骨

而一个真正的人

可以死　而死并不等于失败

死　使他躲过了那双大脚

他不屈的灵魂　现在

正慢慢地直立了起来

像初次看见虞美人　只是

他的冲动升华了

1996.1.3

中水侯千岁之腿儿

　　相传项羽的老朋友吕马童最后也背叛了项羽，并将自刎的项羽的大腿割下，讨了封——得"中水侯"。此人不得了，日后恐能成大器。我替历史等着看他的气象，已等了一千多年啦。

——题记

当他争抢上前

准备割下项羽大腿之际

他记起了　就是这只大腿

曾经因他练武走神

被这个粗壮的腿　狠踢过一脚

现在还疼　哎哟

哎哟　疼啊

那天项羽认真
他太认真了
简直认真得不是个东西
非要所有的人都像他一样认真
所以　认真害了他
他得罪了不认真的人
不认真的人于是就割下了认真人的
头　胳臂　腿

这就是历史
这就是几千年的文明史
几千年的文明史就是项王的腿
你踢谁不可　你踢哪不行
为何非要踢那个不认真呢

而今不认真的腿还活着
都一千多年了　还活得好好的
昨天还作了某个纯情少女的枕头
今天早上又从某位少妇的窗台跳下
近一千多年来
常走动于楚怀王和汉王
之间　听说中水侯千岁的大腿
挺招汉王媳妇儿的喜爱　说不定
大腿根儿还留着牙印子呢……

历史是公正的吗
不认真说得好
公正个腿儿
那不是中水侯还走着呢

1996.1.3

芭蕾精神

芭蕾精神

芭蕾女动人的足尖在我的心上旋转
后啄我泪珠　饮我目中满天繁星
我默默示爱　默默以拳拳之心
将其洁白双足抱定　在大幕弯月下
我说　这足尖之媚如饮露之鹤喙
一摇一拂我心　一啄一拽我情
我在最后一排的最后一个座椅中
如天鹅般进入大自然的森林深处
并且想起了老祖母针线上的传说
和传说中那位肯来为我烧火做饭的
天宫少女　我返朴归真　我喟然叹息
这人间绝美的足尖之媚真令人心颤抖啊

1996.1.20

野　火

野火美美地燃烧在原野上

无人问津　恐愕的白兔灰鼠
在我的想象中狂奔飞蹿

最鲜活最惊心的情景在边界之地
我诗何时若野火熊熊
言语中狂奔飞蹿出灰鼠白兔

野火美美地燃烧在原野
可有人独享这销魂美味
我无语　并渐渐进入心火炉中

1996.1.22

钢脊梁

骨髓里的钻研与透彻
了悟生之必须的艳艳朝日
在你的隧洞深处
呐喊　让我出去
让我出去　让我出去

你出不去了
在你身体的脊椎骨里
你出不去了　这是事实
你以为你可以弯曲

那你就弯曲下去吧
你弯曲下去之后也仍然出不去
你明白了吗
这就是你没必要弯曲下去的理由
就是你要挺直就永远别弯曲的原因
就是你应当彻底参悟的境界——

是金属的颜色　而我
原本就没有弯曲
现在更无须弯曲
我站着
看弯曲的弯曲之后的挺直
看挺直的挺直之后的弯曲
挫折的人与人的挫折
使我们骨髓里的钻研
冲进太阳的深处
我们没有融化
我们没有被焚
我们在高温的冶炼中
升腾
为光芒在所有人的骨髓深处闪烁
并凝固成一根根钢脊梁
而咬紧了牙

1996.1.26

烈　士

飞矛突入胸窝
和血同喷的可是人的惨叫
通红的惨叫你将溅湿谁的耳池心畔
谁的耳池心畔会在你的喷射之中
紧紧地抓住良心并使它驰骋原野
撒一路芬芳的蹄声

谁　谁会如此忠憨
苍天便谥之汗血白马
我便谥之真正的烈士

1996.1.27

蔑　视

蔑视远不及无视的声音动人
让你倾听　让你倾听
那蔑视的五指在谁家的画板
描绘寂寞的孤傲之颜色

我蔑视一切挑衅
包括沉默中花样翻新的伎俩
和伎俩中静悄悄的伤害
我说
来吧　来吧　来吧

蔑视远不及无视的声音动人
我不将伤害当作伤害并且不躲避
长矛的洞穿　来吧　来吧

洞穿我又能将我的梦若何
又能将我不改的痴想若何
死又若何
若不是让我彻底蔑视生吧
痛快　痛快

无　题（之四）

忍住厉鬼的诟辱让诟辱扩声号叫
我且任其的诟辱生翅并飞过无数
无聊者痛心的应和　山谷回应
大地生风　可见树倒房塌

我依柳亲风
多少年来第一次感受到风的力量
诟辱使我飞翔　使我一日千里

我说　谢谢　谢谢　嘻嘻　嘻嘻

1996.1.28

君子之风

君子之风止于小人墙角之胡同
京城十万街巷便有十万君子之风
顶墙而冲入云霄托起霓云
红日彩霞淹没

暗无天日　二十世纪最后的余响
在身着燕尾之琴师弓上轻轻拉出
所有动人高雅的音乐
难道都是君子颤抖之无言

1996.1.29

苍　茫

乱云狂卷残阳　一片一片
呈灿灿亮丽之菊　菊满蓝天

蓝天下　黄甲虫爬满都市
爬满人心　人心浮躁
在华灯初上的晚上　谁人默默无语
回忆乱云狂卷残阳的暮色

有懵懂少年绕老者环步
颧骨下　一行老泪砸在落英中间
溅起满天繁星——少年说
爷爷　夜色何等地好啊

1996.1.30

立场之鼎

想象它飘落而且飘落得很慢
应该是很慢的　我相信
所有的立场之飘落都肯定是
很慢的　我知道　他们原来
都心情沉重　后来放弃　后来
彻底放弃　于是才开始变得
轻松　变得春温秋肃夏懒冬眠
我知道　怀揣一方巨鼎的滋味
挪动的念头可以有　但不能实现
躲避的想法可以生　但不能动作
分量大于自身的千倍万倍

想象弥天　可以坐穿地球
但是不能动　不能与亚窦方罍相比
立场之鼎如炼狱之火
而你的子子孙孙将生命点燃
将所有的快乐和幸福点燃
你胸雄万夫你断腘破肚　你使
你自己危机四伏　四面楚歌
你无悔　你无悔的眼中噙两束
流水　一条流作黄河　一条流成
长江　你汹涌澎湃
你汹涌澎湃于你自己的心间

我默视你的铁枝铜杆　默念
你身上的大篆小篆　关于青铜时代
关于晚商的亚窦方罍　我说
都不及铸鼎的现实意义　铸啊
铸啊　所有失去立场或者无所谓
立场的人们　都是幸福的
所以他们无视鼎　蔑视鼎
仿佛这沉重的历史和现实不曾有过
仿佛大地欣欣向荣
而我却是一个睥睨现实而珍视
历史的情人　我不说人话
我在地层深处与鬼神交
为它们的冤魂而泣泪于今晨
我呼鹰唤虎　我召英聚雄
我说　铸吧　铸吧
为所有无言的立场铸鼎
为所有痛苦的灵魂铸鼎

鼎呀　铸啊　铸啊

1996.1.30

都市晨兴

梦影随晨光升入灰雀翅上
脚蹬三轮的卖菜少女一脸稚气
可人的妩媚之光　汗珠上
晨光钻入钻出　行进
晃动　一个行进晃动的霜洗之女
茸茸地蹬着三轮　口喘芳香之气

仿佛　仿佛她浑身上下的脉管之中
都在呼吸　我无法想象
无法在其脉中而不随她的呼吸
怦怦心跳　怦怦心跳

1996.1.31

余 孽

六根何时濯足白净
俗世无语而市声喧哗
窳败的气息自喧哗之末
滚滚而来　淹了钟声
撞响寂寞　寂寞的
红瓜绿枣
不知养育了多少罪恶
人欲横流
我魂归佛国
佛国深处我独坐孽坛
念祖省身

1996.1.31

红太阳

红太阳如野蟒挥舞缠绕
在呼啸的列车轮下　呼呼呼地
翻滚　一往无前地翻滚

翻滚的红太阳在大地之上

啸傲着闪过身边的白杨

一片一片的白杨　在伫立的凝望中

感受着车轮上越来越红的太阳

红太阳　红太阳在我们的眼里

如火轮奔走　如哪吒飞跃

红太阳　我们心灵深处的红太阳

你走　你带着我的梦走

带着我们的苦难走　走

你走啊　你挥舞着野蟒般粗壮的光芒

你的光芒　如野蟒腾挪般轰轰烈烈

在蓝天下灿烂成自信的目光

目光　目光　目光　亿亿束

柔柔美美的憧憬之目光

交织出打捞红太阳的纤索

托举起红太阳的巨浪

拉哟　拉哟　拉出一个红太阳

举哟　举哟　举起一个红太阳

在我们心中野蟒般粗壮的道道光芒

正在漫舞　并将冲出心房

像奔走的列车般呼啸向前

1996.1.31

远　行

了却此生的念头在塔尖上迎风招展
死亡是因了强烈的自爱　而活下去
顽强活下去的念头　则是放大自爱
证明意义的不等式　仍然迎风招展
仍然我行我素　仍然在疯狂的阴谋中
勇敢前行　这是在黄土地上的前行
这是在老庄的犬儒杂烩中生存的智慧
这是武大郎的智商晋升于无为之境的
动人说辞　我还要说什么呢
我还要说什么呢　既然我决定前行
既然我坚信时间　那么我所有的前行
都是我骨髓深处的冲动和意志　谁
能阻挡

1996.6.29　兰州

更何况

流利的肢体竞技使公正消失

暗夜的荧光屏上滚动着无数人紫色的
愤怒　是银牌而不是金牌
这说明　不公正的竞技已在全球

流行　更何况那些未被发现的
不公正的疯狂　更何况那些淫邪的
各类评奖的有恃无恐　更何况
东方式的权利崇拜与金钱拜物的
肆无忌惮　更何况　更何况
更何况无视蔷薇的月光与睥睨小人物
才华的白眼　早已在阴暗的心里孕育
李小双　李小双　李小双你既已令人
信服　又比那些无名的受害者们
幸福了多少多少倍啊　你愤怒什么

遍野的金菊与月季为你盛开
你的愤怒表达了谁的渴望　公正
早已是人类久违的精神　你获得
银牌而未获金牌　当然是一种幸福啊

1996.7.29　兰州

盘　坐

盘坐在心的缭绕之上为心之盘坐而闭目

心室洞明双目漆黑望见欲绝的尖叫拐弯
冲不出去的理想在理想的屋宇　毅然
回首且未撞见旭日东升霞光万道　欲绝
欲绝的理想在理想的屋宇默默盘坐至黎明
黎明鸡啼喷出霞色的斑斑血红自胸口沉入
心底　心底上盘坐着缭绕之上的尖叫
欲绝的尖叫令聋哑人泪流满面泪流满面

2000.4.7　深夜

微　笑

低下头　并且让你仔细地看着我放弃了
抵抗　你知道我捏死你如捏死一只蚂蚁
然而我放弃了　捏死你的　哪怕是一丝
的　轻微的念头

我放弃了　我让你获得了你渴望的胜利
而你的胜利　是我放弃的结果　你因此
如胜利者般微笑

我望着你的笑容　由衷地为你的微笑而
感到放弃的美丽　让我说　祝贺你的胜
利　像对我自己的祝贺

我在清醒的冷静中发现自己并未麻木　只

是深深地　发现自己——在你的微笑中
我看到了另一种美丽

2000.4.7

一如我无法指责你的歹毒

一如我无法指责你的歹毒　你的歹毒
你的歹毒像妓女体内的真菌　像罂粟花
蕊的诱人　我静悄悄地绕过了你　而你
却轰隆隆地热烈奔放　在高层机关的写
字间里　你令意志冲出公文　又命令想
象覆盖了梦境　然而你无法靠想象　来
弥补美好的贫乏

一如我无法指责你的歹毒

2000.4.8　下午 3 时 40 分

汤　色

汤色澄碧而意气挥发良好

空中弥荡着看不见的情绪
而情绪随汤色渐渐显黄　渐渐泛黄
老爷子！盖碗啜泣如婴儿无忌的哭啼
他妈的　滚蛋的一次失手
竟让我误饮了一生的清白

汤色澄碧而意气挥发良好
空中弥荡着看不见的情绪

2000.4.8　下午3时55分

放　弃

终于让所有的眼睛包括所有的心
都不必对她们的贞洁再抱幻想了
连同她们的父母兄弟及兄弟姐妹
彻底的放弃使她们彻底地成为了求生者
而不是活着　尤其不是
为了身外的杂尘之语
而活着的人们　她们不再靠幻想生活
也不再扶着支撑不住她们
身体的美德行走
她们行走在无助的诟辱中
在诟辱中　她们被男人拥抱被欲望
亲吻　她们啊

她们在无数欲望的灵魂深处美丽地呻吟
谁能想象这呻吟的美丽将散入四极八荒
并使四极八荒的土地充满灵性
你指责她们吧
她们早就下了地狱并在地狱深处啜泣
我什么也不说　眼里充满了蓝色的深情

2000.5.4

古铜汉镜

料事如神　汇聚无数胸闷之击
击蚀之弹使古铜汉镜锈迹斑斑锈迹斑斑
美目越千年　此前之美目自此无力反照
无力顾影自怜　饮爱含恨
双重的感怀使事是如非如陌路之上的情人
料定了你的一生与前世无缘

无根之树何以期待繁茂之绿冠

2000.5.12　下午

撰　主

撰主目前尚在你的掌股之中被你把玩
让你把玩直到撰主被你把玩得灵魂出窍
并在你的灵魂与杂语之中咀嚼出甘甜
咀嚼出拥有巨大财富的狂喜之后的沉默
你把玩沉默　你的胆量使你的撰主获得
无声的深刻　撰主无言无言的撰主说
沉默啊　我一生的慷慨赴死就为着寻找
这一个你无法替代与描摹的——沉默啊

2000.5.12

辞别的朋友

你们去吧　无论我乐意还是不乐意
你们都得离去　一如我必须历经磨难
历经磨难　无论你们知道还是不知道
我都一样历经磨难　历经磨难
属于我但却证明了你们的意义　历经磨难
使我接着思考你们面临的一切

为此　我仍在替你们奋斗着啊……

2000.12.6

这一刻

这一刻你默然地笑了　一排皓齿闪耀着
红唇之后的整齐与洁白　真的
你笑了　整齐与洁白的皓齿说你笑了
我知道你的笑容没有被任何人看见
你笑着自言自语　你笑着默不作声
一如你红唇之后的整齐与洁白
无须出声　那生动　那美丽
我坚信即使无声也仍然能够感染我
还似当年又胜似当年　这一刻
这一刻浓缩了你全部追求的全部的美丽
在我的心上悄悄地闪过　这一刻啊

2001.1.7　晚

那该多美

一回头　发现你在人群里张望
你肯定不是在寻找我　我知道
但我发现了你　可惜这发现只是
偶然闪现于我的一种痴想　假若
假若我每天都有这样的发现
每天这样发现之后都有这样发现的期待
那么　那么发现与发现就不再是发现的
期待　而是一片发现的海洋　那该多美啊

2001.1.7　晚

谢幕了

谢幕了　多少人的多少汗水为这肢体的
语言　流转于人心而默默流淌　默默流淌
为你鼓掌　为你热血沸腾　为你灵魂颤
抖　——无疑与表演与卖弄相似　我知道
你站在舞台的中央　双眼含泪
仿佛仿佛盈盈欲出的波光接纳了太阳

全部的光芒　仿佛芙蓉初绽
仿佛红蜻蜓铤而走险　仿佛
我的到来是深夜对黎明的呼唤
这水中月哟　这月中水哟　这水月融合
这融合水月的叹息　是多么地纯净而碧
透啊　谢幕了　诗意的追求与追求的诗意
至此告一段落　像脚下踩着的提琴齐奏
曲……

2001.1.7

斜刺的阳光

欣赏你期待已久的情景使你的心顿然豁亮
顿然豁亮顿然有一束阳光斜刺地扦入眠床
你双眼微合有一罅小缝流转于斜刺的阳光
那么耀眼又那么熟悉　仿佛仿佛记忆的最
深处　那个人冷不丁站到你面前　说：你好

你好吗　我不好你好你好了　我就会好
这难道还需要问吗　虽然虽然已经是上
个世纪的事了　可斜刺的阳光　并未因
时间的陈旧而拒绝前来探访　你欣赏好
了　我知道这是你期待已久的情景　你
全都看到了　就是这个样子　你该满足

了吧

真对不起了——斜刺的阳光　我又一次
又一次不情愿地让你欣赏了残破的废墟
虽然你心里塞满了明媚　塞满了令人心
动的温暖　可我依然心如死灰并且拒绝
融化　我说：你肯定是冰山上的来客
真谢谢你　但我不是雪莲

2001.1.7　下午

中国兵法

谈判桌上的表比地球转得快

谈判桌上的表比地球转得快

其实早就不想要那个破烂货了
大家都盯着它
扔掉或转让给其他人
担心被指责
所以把你邀来
等你提出交换的条件

谈判桌上的表比地球转得快

有一种尊严
你不能强硬地拿出个架势对待
打架　打架咱们可是内行
别担心五指攥不拢
握不成一个拳头
你得用心去理解
电台播出的郑重声明
弄清楚字面以外的暗示
再请坐　有失面子的事
这个男人或这个国家或这个民族

可是不能容忍的

谈判桌上的表比地球转得快
大家都请入席落座
脸上的表情也可以盛开盛开菊花
杯里的茶水最好慢慢地品味
如果接受了暗示
咱们和谐地享受一次美餐
如果糊里糊涂
那就拧筋儿吧
反正不顺我的意你也别想痛快

谈判桌上的表比地球转得快

1987.11.25

断　章（之一）

琢磨一座城
一座城琢磨我
在城内四通八达的小巷里
我被嚼来嚼去
被嚼出毕生的脑汁
被一座城反复地品味
关于一位抗日战士

是怎样钻进古城
并被古城琢磨

是这样的——父亲
你盯着幽暗的云天
盯了整整一个下午
一个下午没风也没雨
你　就坐着一动不动
后来天边挤出了唯一的
一束鲜花
刚好落在你的脸膛
你就被祖父看见
就被祖父的心拽了一把
你一动不动
顺着那霞光又望着天上
你感到那里真美
而且那里处处辉煌不会饥荒
后来天暗了下来
而且是完全彻底地暗了下来
你于是便嘤嘤地哭了
也为暗下来的自己的明天

你走着　跟着围城的部队
走在硬而且陡的绝壁上
你不知道为谁而走
只是觉得要走
走是当时的所有任务
而所有任务你当时一点也不知道
不知道母亲为何生你

父亲为何不肯松手

弟弟为何不肯咽下最后一口菜饼

而妹妹为何十三岁出嫁

你只觉得要走

走土路走大路走没有路的路

走山路走河心踩不到底儿的路

路当时没有使你恐惧

走七十二天走一百四十四天

走一年走十年都是一样

走就是最重要的

而不走留下来

将无法想象

无法想象土地为何不长庄稼

石头为何爬满青苔

白胡子老人为何倒背长枪

而自己为何说不清去向

1987.11.26

战斗经过

肯定是她在前面跑

我在后面追了

仿佛钻进了闷罐车
车窗外的小河小树林山峁行人
都顾不得去望了
嘴里含着前方
心儿踩着前方
前方浓缩为一串笑声
炸响于爱慕英雄的路上
在今天的追赶中
回响　担心追不上
担心被人抢走
腿不太服从命令
意志被拉得很长很长
后来把她攮进了死胡同
无法不坦白不举起心
她说　我爱你
就应声倒下了
于是她慌恐地扶起你
问你是不是跑得太急
你怔住了
深情地望着她
她就用她的唇吻了你
你便感到血
从脚根子涌到了脑门子
并呼的一家伙站了起来
把她抱进了山洞

那天　好像敌人五倍于你
你的所有子弹全部射尽
枪管滚烫并且颤抖

像发怒的狮子
接近了真正的疯狂

就这么回事
还老觉得自己是个战斗英雄

1987.12.4

主攻方向

它藏在贪睡公主的被窝儿里
与梦幻作伴
毫不理会窗外的冬天
和冬天寒夜里凄楚的风声
把自己的身子捂严
严防泄露一丝温暖

我深深地知道
现在天还没亮
它就是醒了
也懒得召见我
让我真相大白
使它失去意义

我只好耐心等待
等着它醒来后的厌睡时刻

虽然我已经十分劳累

眼睛已不止一次

不打招呼就要合上

但是我仍然命令自己

像做广播体操那样

按时上班下班

让身体的各个部位

服从意志

我的意志向前向前

一直努力着接近它的身体

接近窝藏着主攻方向的身体

而它却在温暖的被窝儿里

一串又一串地做着好梦

根本不理会我的顽强

以及我预放在喉节的呐喊

1989.3.27　兰州

无　题（之五）

当然是在两年前

我是多么地喜欢这两个字

多么希望它有一口芳唇

能让我用男人最真挚的方式

亲近它　吻它
甚至用最为古老最为现代的
无声的韵律　表达它
使它与我心心相通
与黄巢、李自成、毛泽东成为亲人
成为快乐的深夜
成为无数穹庐之上的繁星
成为你欢乐的泪水
成为我不能不跳楼的心脏
那该多么的好啊

当然是在两年前……

1989.5.5　北京

在军事美术展览厅

没有花瓣的花伸着花蕊
蜜蜂一样的眼睛吸着蜜
大厅的板壁冒着昨天的硝烟
心室里回荡着横飞的弹片

我希望看到一位盲老人
他抚摸着油彩突出的脸庞而颤抖手

面对残缺的月亮

谁会不忍望月呢
那些画中人在画框里勇猛无畏
并咬牙切齿作痛恨的表情
展示恨博览废墟上的小花
勾引善良拐骗贞洁上当
毁灭呼唤新生
生命渴望死亡

没有枝叶的树伸着不屈的身躯
英雄在泥土中念叨年迈的母亲
弹片呼啸着削掉情人的思念
生存宰割了活人的思想
和平万岁的口号声震九霄
我们活着没有被死亡遗忘
画幅里走不出一位老人
我们的村庄和城市的上空盘旋着鸽子

我希望看到一位盲老人
他抚摸着油彩突出的脸庞而颤抖手

1989.9.18　兰州

冲锋前心理透视

关键是没有勇气
其实拧开圆把手的门

什么也不会发生
爆炸不会比笑声嘹亮
笑声　那种刻骨铭心的笑声
会热情地握住你的手
牵着你走过
母亲看电视的书房
一拐弯
你的眼睛就会发光发亮
远没有你的想象丰富
那个供你射击的平原
火药味强化了你的记忆
弹片也只砍掉了你多余的激情
那个供你射击的平原
没有凸凹
甚至连一簇遮挡视线的剑麻
也无力拱出地平线
你预备的心惊肉跳
这时完全用不上了
冲锋像一种快活的娱乐
你禁不住会一泻千里
浪笑对于很多胆小鬼
关键是没有勇气

1989.11.1

父　亲

战争是一种爱
它在寒冷的星光中瑟缩
伸展鲜红亮丽的冲动
使你牙剑刺破嘴唇
流一种永不消失的旋律

在你的心里
它的倩影微微地晃动
美丽的大眼睛勾出你的憧憬
使你魔幻地想起胸佩勋章
腰吊雕花宝剑的将军
马裤　无情眼　颤动的嘴角
激动着你的周身的子弹
渴望冒险
神往绞杀
你在它的大眼睛里
威武地走过市街
仿佛每一个吐纳人流的商场
都是你的血脉
而每一个满地乱跑的儿童
都是你的儿子或女儿
你在焦渴的等待中

玩味无婚史的丈夫的使命
和无儿无女的父亲的职责

父亲啊
你给父亲的信中说
我理解你　接着你又说
我要出发了
千万不要告诉我的母亲

1989.11.1

倒下或者爬起

倒下或者爬起
你站在密密的丛林叶间观察
像拥抱那样充满激情
像亲吻那样玩味沉醉
蓦然醒悟
那倒下或者爬起的姿势
像往事一样真切
真切得使你感到遗憾
作为一个男人
没有倒下然后又爬起的体验
就不会认识厚重的泥土
不会认识海蓝色的深情

不会站在恐惧的身后

一任无畏的人生

倒下或者爬起

1989.11.3

无　题（之六）

你们应该用死

去证明你们的存在

而且不是像我老爷那样

揣着无数的叮咛咽气

也不是像我的愤然弃世的朋友那样

忍不住的时候永远沉默

你们应该高级一点的

既断然拒绝荣誉

又拂去所有利禄地

与古老的和现代的方式

都握别之后

回到泥层深处

1989.11.5

把这些尸体再数一遍 ①

橘红纤指
缠绕着不再呼吸的情书
和战报　散石榴的头颅
不再透明的思念
和分崩离异的各种欲望
涂抹在山坡上

夕阳洒在起伏的大地

哦　感觉那脸被月辉镀了
风如鼻息吹着唇线勾出的诱惑
多想……呵
可惜
没有通过活蹦乱跳的小兔子
和肢体的一些会交流感情的部位
交流过
战争的终极目标
大方地摆在冒烟的土地
前方是呼唤的海
海里也有生命
呵……

---

① 题目为美国诗人罗伯特·布莱诗句。

那鼻梁　腱子肌　蜂窝一样的胸
滴答着红水的肠子
和一只涸泉般没眼皮而闭的眼睛
常常被画家表现的境界

想起纳粹党旗
便把十指插进泥土
然后开闸
无法封锁原始森林里野兽的嚎叫声
是恨还是爱

把这些尸体再数一遍

1989.11.25　兰州

中国兵法

那决定胜负的一枪
就是在你冷不防的时候
轻轻地绕过你的视线
钻进你胸膛的

这情景我不用看
就知道那炸子儿像盛开的木棉
它使我醉卧疆场

并且怀抱月亮

你是我朝思暮想的月亮啊
作为我们民族的仇人
你是我刃上的激情
是我热泪盈眶的翻滚的红旗

你高高地飘扬
并且神气地用鼻孔出气
所以你必死于冷枪
而我放下双层的眼皮
也一样知道结局
那决定胜负的一枪
射自出其不意的黑洞
而你是蓝眼球的老外
不熟悉我们中国人的战法

1989.11.25

冲的时候我提醒你一句

小兵子　冲的时候要谨慎

不能怕死这是肯定了的
向斜坡的山迎崖的壁　投掷手榴弹

要小心脚下的石头

和飞来飞去瞎胡撞的子弹

要看看喊冲的人是不是没有老婆

他的孩子是不是野种　　这都不太好说

所以你要小心

敌人的所有注意力

是在寻找你的麻痹大意

当然　　不能怕死这是肯定了的

有时候敌人会故意让你占领一个山头

趁你得意洋洋　　向上级报功的时候

便把你放翻击毙　　所以

冲的时候不能不想一想退回去的道路

我知道　　你热爱课本上的祖国

和小村妮儿衣扣扣严了的爱情

我知道　　你说话的时候

从没有想过会不会有人告状

你老是挨批老是反省　　从来没有长进

所以　　冲的时候我要提醒你一句

小兵子　　要小心

但是　　不能怕死这是肯定了的

该挨一枪的时候　　你躲也没用

该发生的故事防不胜防

所以　　流血的事情是经常发生的

不流血的事情比流血的事情　　更为寻常

你练习瞄准的时候　　敌人早已是神枪手

并装备了夜视器材和瞄准镜

现在武器更新得很快　手段越来越高明
中东战争一个劲儿地升级
色情间谍都已经淘汰
现在的士兵都有大专以上的学历
杀人已经完全可以不用武器
这些情报恐怕你已经知道
在人生的战场上跳芭蕾千万别抽筋儿

小兵子　冲的时候你可要小心

1989.11.26

钢　铁

坦克冲我开来时
对我吱吱扭扭一劲儿点头
那炮口　真像张开的歌喉
拐弯　坦克的屁股用力一扭
大地上留下深深的土沟

我羡慕这膂力无边的钢铁

1990.2.9　北京魏公村

402

断　章（之二）

当我第一个将背包打好
我不会忘记向背包带内掖进
一双压膜底的胶鞋
然后我背起背包　再然后
我在花砖铺的实地上蹦一蹦
好像脚痒得要死要活
浑身上下洋溢着狂奔的欲望
这时候　真的
这时候　我觉得我钟爱的少女
肯定看见了我此刻的神情
我就从心底冲出一股热流
一股热流便伴随我紧急集合
使我始终走在队列的前头
甚至在爬嶙峋的险峰
我也会不用回头　就能感受到
她热辣辣的目光
我就有史无前例的冲动
就会将鲜红的军旗插上峰顶
那时候　那时候我无比幸福
对着冉冉升起的红日一阵狂吼

1990.2.9　于北京魏公村

最初的演习

我所制定的所有演习方案
统统是在深夜完成　深夜
仿佛每一粒空气
都是一粒不动声色的预感
我常常将它们吸进我的肺叶
细腻地体味着它们
尽最大可能地将它包含的精义吸收
然后才放它们回到
它们应该去的地方
在那里　在漆黑如墨的沉思里
它们包围了我的小小的窗台
我是一名作战参谋
这我知道　我不知道为什么
每当这时便想起罗斯福
想起站在飞驰的敞篷吉普上的斯大林
他们使我默默地昂扬激奋
回到桌前便能看见所有的预演区域
我便会深深地吸一口气
然后将头埋下　连香烟也不去点燃
便开始了最初的演习

1990.3.9　于北京魏公村

经　历

在中国西部的戈壁沙漠
人们可以目击颓残的长城
这是两千年前堆在这里的一段经历
这经历从未停止过
哪怕是一分钟　对我们的折磨

它告诉我们
我们可以随时被往事进入
只要有钱　美女遍地风流
又告诉我们
妄想将它哪怕是一截遗忘
它躺在我们心的版图
作为爱情镂刻在我们的内骨
最疼的时候　也不能哼哼
还告诉我们
筑城的技艺可以漂洋过海
舀一瓢足够终生受用
所以人人面色威严庄重
而语言又提供了一万种可能
城墙因此无所不在
漆黑的深夜仍眉眼清楚
但是它还告诉我们

这段往事如今仍然宁死不屈
它站在西部中国的阳光下面
金粉沾身
像位英雄
它传奇的故事铺天盖地
从古至今迎送十面来风

1990.6.3

月　光

月光替我望着戈壁
戈壁在我蓝色的月光下
沉静　如一座营房
在月光下被我凝视
我在站立的营房之中
睡觉　没有做梦
我睡得很死　尽管没有窗帘
酣声仍然破窗而出
如夜游的思念
在蓝色的戈壁
和紫色的夜幕之间
呢喃　嘴角嚅动
在描述着和平的意义
和战争的凶险　渐渐清晰
月光伸进窗子

在我唇线分明的峻岭之上
我冲了出来
没有呐喊　一吸一呼地
表现着月光的生动
和沉睡的诗意
一位好军人
一双聆听紫色的耳朵
一对欣赏酣声的眼睛

1990.6.10

铜　号

桌上的小号系着一条红丝带　红丝带弯
弯曲曲　飘坠在桌腿右边　右边的桌腿
儿前吊着一丛绿叶　仿佛仿佛绿叶
对红丝带的所有思念　都含在
都含在小号那圆张着的铜嘴里面　让我说
让我说吧　小号的特写毕现于我的梦中
而我的梦何曾有过号角连营炮火连天

桌上的小号系着一条红丝带　红丝带弯弯曲曲
飘坠在桌腿右边　右边的桌腿儿前吊着
一丛绿叶　红绿相间的桌腿儿前闪着一
位画家的眼　你画吧　我们的画家
这是静物写生不代表任何思想

虽然我们的友谊缘自军旅
缘自对于战争的想象
但想象永远不是战争　所以完全可以画
出任人欣赏

2001.1.7　下午

情感是怎样复杂起来的？

忘不了

那时候我用心酿酒

你不请自来　说

酒的芬芳使你心醉

使你闻一闻都胜读十年诗书

我无话可说

看着你下咽口水的样子

便觉得再不请你坐下来痛饮

我就有点儿残忍了

我的处世原则告诉我

欣赏人可怜的表情很不道德

忆想你后来的笑眉笑眼儿

我现在仍能迸出一阵子快慰

那时你多么真实

真实得　像我的儿子

父亲为儿子奔波不计得失

对吧　虽然你现在似乎长大了

似乎戒了酒

似乎不认老子了　对吧

可是我忘不了你下咽口水的样子

忘不了你对我说过的话

就像　我这样充满深情的父亲
忘不了蹒跚学步的儿子

1988.8.29　兰州

大　秦

始皇大笑
松叶抖出一片蓝光
剑影
血光
挑起刃上的幻想

长城站在塞外风口
等待召见
一等两千年
两千年之后依然在等
这中间
荆轲被召见了
从此灭了降召的可能

而待召的臣子却越来越多
越来越多的愿望难以兑现
虽九死犹未悔
天地间不乏这种望夫的石头

崇拜龙

向往长安大都

决不回返

魅力史无前例

史无前例的凝聚力

至今没有涣散

真想改换门庭

却盗不来再嫁的贼胆

始皇大笑

松叶抖出一片蓝光

谁敢造反

1988.10.20

猜想天狼星

永远不被承认的

又时常被人提起的

那颗天狼星

在层云的深处越来越亮

架起高倍望远镜

望吧

猜想美丽纯洁

虽然没有深刻的动机

但是那光　　那明亮的星光
一如我的眼睛
却勇敢地望着那颗刺目的太阳
洞察一切风吹草动

作为一只老鼠
你拉不动叶片上晃动的清辉
和阳光　　你憎恨他他也仍然会
照着你的身子
并且留下倒影
他是谁　　你是谁
猜想他　　使你绝望
认识自己　　使你痛苦
那是举世无双
街灯看不见的面容

我们聚集在会议室
没有不停地喝茶的首长
我们研究着他
从不同的角度分析着他
他在我们的心中
我们被他包容

没有比这更残酷的了
为了他　　我们反目成仇
互相猜疑
诽谤　　诬蔑　　谩骂
他　　使我们变得丑陋

卑鄙　下流　和无耻
甚至肮脏
和凶残

我们的凶残在笑容里潜藏
面对大自然的时候
我们被狰狞的山鼓舞
为湍急的江河感动
发现一切的一切都比人更无情
杀人的欲望为什么在诗行里闪光
普通的日子被我们打扮得一如新房

我的新房堂皇而又生动
与我的新娘一起组成了我的野心
野心生机勃勃
野心　使追求充满野性的神力
我的子孙　人类的子孙呵
一如兔崽子那样一窝一窝地出生
没有预约
他们像死亡那样被动地生存

想生存　就是想无耻下去
像狗那样自觉　像猪那样愚蠢
用死亡状态掩盖遏制不住的向往
悄悄喘息
偷偷谋划
漫长的等待像死亡那样无声无息

1988.12.6　兰州

暗　喜

阳光下　我们躺着抽烟
烟雾被阳光穿透　并呈紫色
弥漫　那个我悄悄地笑
笑容像太阳光芒四射

昨夜　我在一隅墙角
偷偷地回忆起那件事情
他终于说出了实情
这真使我高兴
不知道你听到这个消息
会不会跳起来
反正我不会
我会流幸福的泪水
会回忆起往日在心里设计的情节
会为此而长久地失眠
感到陈旧的生活突然变得新鲜
仿佛一切都重新开始了
包括珍稀的友谊
和有限的未来

现在　我躺在草坪上
慢慢品味着多美牌香烟

是呵　连烟雾都是甜的

1989. 元 .3　兰州

母爱的世界充满阳光

死亡在歌唱
它歌唱腐朽
它歌唱殉葬
它歌唱一切使大地复归沉寂的地方

所有使你们想起
你们是女人的事物
都将激起它
岩浆般毁灭的欲望

你们
你——们——呵
你们像我的母亲那样挂记着我
挂记着像我这样健康的男人
男人生来就在你们的想象中成长
你们的想象永远是你们最伟大的光芒

你们为想象付出毕生的爱情
又为爱情承受天空中最沉重的太阳
你们被自身唤醒的自觉和

被人们忽略了的方格子
套着方格子的田野的自由
而激动　你们用各种语言
包括标准的英语　法语　德语
以及意大利语　日语　俄语
等等　放声歌唱

你们凄厉的尖叫
冲决了歌唱的大堤
你们歌唱恐惧中的儿子
你们歌唱地狱深处的未来
你们歌唱你们闻而生厌的事物
你们歌唱　你们永远唤不回的儿子
以及儿子身边更加美丽的姑娘

哦　母爱的世界充满阳光

1989.4.10

断　章（之三）

狗东西们
它一张嘴就蹿了出来
一群又一群
同它一样具有狗的德性的思想

杀　杀人的欲望
被它转化为献媚的冲动
进入地狱
在漆黑的夜里伸着挣扎的指头

……它开始
用沉默来告诉人们它的大彻大悟
并要恢复因追求
于不知不觉中遗失的风度和尊严

在公园看猴子时
它的这种愿望与慨叹越来越强烈
猛然间发现过去
太不自重

于是佯装严肃
故作庄重
说话时故意板着缺少生机的脸
并且随时准备发怒

它开始重新做人了
但做人也并不容易
对于一个从未做过人的人
做人就等于进入涅槃的世界
要知道做人的滋味
可真不是滋味啊

1989.3.19

老 态

英姿丰长若旺年苞谷
籽实且金黄
似排列整齐的太阳

缄默多年
启唇便让金焰光芒万丈
佛祖躲于其后
颤巍巍不肯思量

在往日的丛林中漫步
雄姿勃发
直视疆场

1989.5.15

请 求

佛龛深藏腹中
梵乐弥漫

黄教圣地塔尔寺
据说　先有塔
后又有寺
得名

无塔无寺时
谁为佛祖
谁先化缘集资
购此圣地

是我　我在八百多年前
求过贪官
请过污吏
我那时就懂得经济规律

没钱
信仰个屁
请求是重要的
是要将骨子里所有人的味道
排挤干净后　才有可能
讨回几两银子

银子是最真实的
尤其是在这个初级阶段
艺术是个什么东西
文学最他妈的操蛋
思想简直就恶贯满盈
而历史　不用说反动透顶
谁是诗人

诗人早就饿死光了

我真挚地请求
给我勇气
让我斩断一切使我牵肠挂肚的事情
是的　我要自杀

佛龛深藏腹中
梵乐弥漫

1989.5.15　兰州

我的大学

你自信吗

我压根儿就讨厌课桌
和黑板和笔记本和
老师嘴里嚼来嚼去的
那些载入史册的名字

我已经过了崇拜的年龄
尤其过了崇拜已经成功
却仍觉不够
还妄想统治一代又一代
像我这样

一无所有的青年的英雄人物

我拒绝进入教科书
拒绝在教授或者学者的
备课笔记中跳跃
我希望我像庄稼那样
在泥土里生长
在那漆黑的被围困的
境界里　永远保持突围的
姿势　像一匹烈马
随时准备狂奔
却总是没有确定目标
一次又一次地
在驰骋的过程中
享受生命感觉的馈赠
享受活着的难耐的滋味
和从这滋味里嚼出的
宝贵的养分

我的大学啊
就是我的五尺身躯
就是我的思维并不活跃却
异常敏捷而又深刻灵动的脑袋
我在其间阅读整个
人类社会
痛哭　然后浪笑
然后恭恭敬敬地倒茶
点烟　说漂亮话
做不出差错却万分荒唐的事情

谁是学生
谁就是被一管子抽干了思想的骷髅

你自信吗

1989.5.15　兰州

高级首脑会晤

我那天碰见了一个人
他说我们的会见结束了神交的历史
我立即想起了美国总统
和苏联的戈尔巴乔夫
他们谈着中国
谈着我买不起电冰箱录像机的
种种问题　我没听见
我在与那个人谈着诗歌和散文的
密切关系　我说
他们　早就离婚了
虽然藕断丝连　但毕竟
各有了各的家庭　这事
我劝他不要管　弄不好
美国和苏联打起来了
那就不是家庭问题而是世界问题了
我们偶然的相见

也有了密谋的意味

所以我们不要对外讲
什么高级什么首脑会谈什么的
我们认识了　这是事实
有没有历史意义
那是考古家们百年以后的事情

1989.5.16　下午兰州

封面人语

将得意一点一点收拾起来
将失魂一缕一缕揪寻出来

比如　独子夭折
爱妻被人拐骗　父亲
精神失常　母亲寻了短见
等等吧　一起画出来
画不到脸上就先停机
先停止一切外事活动
内蕴过程复杂而又精细
哀兵必胜　则又像信仰
唤起昂扬的烈鬃横驰天际
使贪婪的野心顿生狡狯的繁星

封面很重要

是的　封面很重要

它关系着未来的日子

是不是阳光灿烂

将那得意一点一点收拾起来

将那失魂一缕一缕揪寻出来

1989.5.28　兰州

我与尼采

你喜欢尼采

是的

如果他像我

我就掏出一点喜欢

给他

他是谁家的孩子

是歌德的儿子

希特勒的父亲

是从哲学走到妄想的桥

是从桥拱这边

424

到桥拱那边的一泓活水
当然是自由自在的意志
是精神的风景
我决定喜欢他啦

在大白菜　葱
蒜　和猪肉馅儿的包子里
把他也剁进来吧
我想我的胃口
会喜欢这种味道

你喜欢尼采

1989.5.28　兰州

亲　情

请你与大自然
保持一种亲切有如情人的关系
你应该让眼睛抓住
每一粒自天而降的水星
应该流泪似地流出蔚蓝的感情
应该与山溪好好唠唠
使它能记住你特别是那些
杂草丛中生息的精灵

应该使它们嗡嗡地呼唤你

使你闹嚷嚷的心室

能够被这自然的音乐打动

能够常常坐下来

看看那片啁啾着的树林

和树林深处闪出又闪进的红衫少女

1989.5.29　兰州

那　天

那天无法想象

那天我会像那天

握碎茶杯那样

握住任何一位陌生人的手

握得他叫出我最快活的声音

让那原始的嚣嗷替我抒情

替我欢畅无比地吹奏

一位孤独者内心的狂歌

而我无言且不动声色

愿那声音保持人类纯粹的色彩

像傻傻的少年

痴愣愣地

看着那天发生的一切

1989.9.6　于魏公村

美人怀古

她哀伤地望着你
和你周围的一切
不像　一点也不像
倒像今天的树
和明天的月亮

进入幻想
幻想真切一如龙袍
在梦中闪闪发光
扶摇直上
感觉　那一股清风
自唐朝吹来　迷魂
恨不得永世不醒

恨你　恨你
恨你　这个浑身弥荡现代的牛仔
使天绝望
使山不得不在时间面前低头
使她微笑着出嫁

1989.9.9　午于魏公村

冒险的诗句

忍不住的时刻一旦到来
任何一句平常的话
都具有了冲毁一切的寓意

　　　　　　　　　1989.9.10　夜于北京

乡　音

你亮亮地喊了我一嗓子
使我即刻便想到了你

你秀颈白得诱人
使我永远充满妄想
我的妄想啊
你遥远而又亲近的唇齿之间
含着我所有的精壮青春
和忍不住哼出的
痛苦而又快活的呻吟
我的呻吟啊　像地火运行

像闪电眨眼
所有使我昂奋的事物
都构成了你永恒的魅力

你亮亮地喊了我一嗓子
使我即刻便想起了你

1989.9.10

剩你一个

我们故意离开你
于是你开始猜想我们
他们怎样写出青草般的诗句
那诗句怎样优美动人
你不知道
不知道所以就含蓄
就使你产生了琢磨的兴趣

你开始琢磨
不琢磨你就十分地难受
在难受的煎熬中你慢慢发现自己
发现自己原来并不豁达更不飘逸
且深有感触地说
豁达需要勇气呵

而你没有勇气
你在你自己的阅览室
翻看自己那点可怜的经历
发现有一条鱼
它游不出窄窄的陆地

1989.9.10　于北京

地平线

盛开的云朵
横七竖八地腾起壮观耀眼的光芒
这里很辽阔
你生长吧
命里注定你要影响我
我更热爱一人独处

在你不知道的地方
自言自语
柳荫与回想
沉思与湖畔
情侣们搅乱了宁静的碧波
深深地感染了我
想起与你共处的好时光
友谊的面孔浮现
我为决裂哭泣

更为真诚无言

我和你都没有办法
在地下相见
虽然我们都沐浴在阳光下
并且都喜爱诗歌
和爱情
误解仍然不可避免
是啊　日出或日落
都发生在我们的眼前和心底

1989.7.15　兰州

1989.9.13　北京

我们被什么深深吸引

我们被什么感动得默默流泪
被什么激起号叫的冲动
被什么撺得双眼充血藐视死亡
被什么扶起砸不烂的信念

我们　我们在平凡的日子里
与乡邻们骂仗　与
同行的诗友切磋技艺
在那些最仇视我们的眼里
我们喝酒吹牛　我们

故意做出放浪不羁的样子
使其肝火升空　抡起劈柴的拳头

我们　我们奇思弥荡
在平凡的日子里寻找泥土的腥气
被自己的种子萌发生长的念头
扎根　并深深地热爱人民
和　智慧　科学

我们被什么深深吸引
被什么声音点燃思想
我们这些普通又普通的孩子
为什么热爱大自然　为什么
望着江河东去热泪盈眶
为什么强压住心头的歌
在梦中放嗓
永远走不到边的——是你
永远搬不动的——是你
你在我们的周身
直到我们死去

1989.10.15

432

石头友谊

理由简单的石头

和意味深长的友谊

告诉天

地

石头友谊

在这中间

长存　像我和

我的朋友们

在误解中痛苦　在

各自渺小而又丰富的世界

忍受　没有

永远没有

一片感情的云

能够飘进石头的心里

没有永远也没有

一阵伟大的风

能够吹净

残存的那一片记忆

理由简单的石头

和意味深长的友谊

告诉你

我

石头友谊

在这中间

长存

1989.10.20

渴望庄园

渴望一座庄园

在其中放平四肢

草茎穿过五指的隙街

一任初夏的阳光肆虐地奔跑

彻骨的流水

推着清凉的呼吸

在沉梦的峡谷吹奏七彩的呓语

那是我们人类唯一的山

是我们的山谣和夯歌

承受不了的哺育

我们为此而热血澎湃

为此而寻找异性的气息

沉醉　并在模拟床的草坪上

打滚　厮杀

焦渴使我们不顾一切地

掘着一眼眼无穷无尽的泉水

没有任何思想

能够阻挡我们繁衍子孙

没有任何理由

能够阻止我们昂起的欲望

我们在我们的庄园

欣赏拉美文学和意大利风景

发现所有使我们愉快的

都是我们的梦想

庄园啊　我们

一代又一代地生死轮回

重复永远使我们感到新鲜

我们嚼着草叶的绿汁

发现冲动漫山遍野

仿佛大地含机欲射

万物众生都生机勃勃

没有任何植物

不疯长狂野的念头

没有任何故事

不饱含深重的思想

我们为此而背负青天

使每一次喘息都被深情注满

庄园啊　我们

渴望你温暖的屋宇

盛装我们的所有梦想

包括我们的祖先低头弯弓的倒影

和我们的孩子昂首挺胸的迈步向前

1989.9.21　北京

天　窗

我围困着你
你使我接近绝望
我因此而努力向上
十个指头抓住墙
然后又攀上你的屋顶
寻找天窗

你不可能不需要阳光
我因此才更加自信
更加穷追不舍
不管你是一座高山
还是一片盆地
我都是你紧追不舍的猎人
我的猎犬将决不留情地
猛扑你最隐秘的私情

使你对我充满仇恨
充满对见证人的那种不肯罢休
我狞笑着呼叫——来吧
狗崽子们　只要你需要阳光
只要你开了一扇天窗
那就好办多了　那就

哈哈　不得不与我决斗

我是阳光
像剑那样刺穿你黑暗的屋宇
让你的双眼涌满虚伪的泪水
而我在你无声的寂静中疯狂
流吧　那发霉的毒泪
和阴暗的潮气
所有的痛苦都构成我普照万物的幸福

你不该让我绝望
亲爱的　你的躲避使我成了
真正意义的追求者
成了无畏无悔的人生
成了你的恩人
你的表达不出的思想

1989.9.23　北京

光　明

你在暗处
我就不得不小心行事
不得不警觉地寻找你
你盯着我的声音

分析那一字一句的含义
剔除我的险恶用心
然后将其放入火中
认真地烤着我羊肉般的思想
在我寻找你的时候
你正在大嚼我稀有的精华

你在暗处
我防不胜防
所有使我受过伤害的地方
都使我触目惊心
我因此永远寻找
并因你的击毙　　倒进黑暗
于是　　我看见了光明

1989.9.23

今天的爱情

过街鼠
钻进你的双目
楚楚动人　　像一股烟
从这孔进去从那孔出来

鼠疫蔓延
在你的周身生满糜烂的鲜花

诱你多情的心动

忍不住虚妄的幻想

老鼠啊

我多么地爱你

爱你我生身被病菌纠缠

男人患了相思

女人得了绝症

而你躲在黑暗的洞穴

不住劲儿地发出快活的尖叫

我为此而深悟爱情的秘密

爱情　是的

爱情就是一只鬼灵精的老鼠

它从你的眼睛钻进

很难说不是从放屁的孔里溜出

使你思路中断

找不到回家的大路

1989.9.23　北京

深入土层

我们活着的人们

是该深入土层

去看看那些故去的朋友

也让我们的懦弱

和他们一起腐烂

一起变成有养分的土壤
然后
再直冲云霄
俯看我们肥沃的原野
说　祖国啊

然后　就什么也不用说了
就开始下雨
开始
一个漫长而即将结束的秋季
让所有的土壤
被我们的泪水浸泡
再然后
一任春天在严冬的期待中
勇敢地破土

1989.10.24

城　垣

你将怎样抬起铅注的双腿
走进狂欢的广场
飞扬的笑声和神采奕奕的脸庞
怎样被你阴沉的天空
轻轻地笼罩　我不知道

你到香山去吧

我的亲人　去八达岭或

密云水库吧

那里或许有安慰

可以坐在无人的枫林

看一看那鲜红的壮丽

和长城真正的神情

坚信那每一块城砖

都会替你铸起无言的城垣

你说　我勇敢地溶化

在郊野的大自然中

那每一声虫鸣

都是你生命力的蓓芽

于是　所有的一切

都收起了笑容　你望着大地

被所有无言的自然

和有声的风

深深感动

我说　对了

就这样　与大自然

保持同一种颜色

活着

并且无声

1989.10.24　北京

情感是怎样复杂起来的？

我们的敌人的敌人
搅得我们梦不敢做
于是我们盯着镜子中的自己
发现鼻子歪了
而后眼睛青了
还有内脏总是隐隐作疼

是肝炎还是癌症
我们因此而一次又一次地抽血检查
发现我们的血是鲜红的
是鲜红的就没有问题
就与战旗同一肤色
就能召唤勇敢和无畏
就会使懦夫首先热血沸腾
而后成为一代英雄
英雄啊
你站在 X 光机前
让它欣赏着你的大肠杆菌
它们跳着飞天的舞蹈
使我们联想起天鹅湖
联想起四小天鹅颀长的秀颈
美啊　X 光体味着那美的韵律

咽着欲望赞叹不已　我们
我们体内最优秀的民族
怎么会捣蛋
怎么会忍心让我们拉稀

我们的敌人的敌人
搅得我们不敢相信自己
于是我们就老是不敢冲锋
不敢求爱
使爱与恨这最单纯的情感
与日俱增地复杂起来

1989.9.25

金灿灿的黄玫瑰自由开放

牧　鞭

只要牧鞭轻轻一摇
羊蹄便会弹响漫野的花铃

戈壁与小羊倌
就会与我此时的心情一样
共同地感受到舒曼的小夜曲
有一股淡淡的忧伤
感到那忧伤
有一种亭亭玉立的美丽
我们一起望着她
渴望能替她分担那份忧郁
她就那样
不动声色地站在我们心里
戈壁为此而沉默
小羊倌为此而抿紧了嘴唇
而我则突发奇想
很想做她中意的情人
总之我们以不同的方式
默默地猜着她
只要牧鞭轻轻一摇
羊蹄便会弹响我们的思绪

1989.9.29　北京

晴空与人

树的枝桠伸入晴空
是枝桠伸着树的手指揉弄清风
还是清风吐出微粒的轻吻
触碰枝桠

是我们的眼睛已经跌碎了露珠
还是露珠的晶莹不再辉映黎明
树　清风　枝桠　露珠
和黎明　和我们
人　都无话可说

沉寂的自然冷漠地围困着一切生命
似乎所有的城市
都与魔鬼城的遗址毫无区别

今天是明天的历史
昨天是今天的历史

被风化不掉的是晴空
晴空的下面
是我们　人
这很重要

也很渺小

1989.10　北京

猜想钳子

钳子张开嘴
想吃谁？　我早就料定
如果不小心
做了铁丝　或做了其他物件
就难免被咬　咬住
就难免被扭来扭去
我就是不会扭秧歌　不会
那美得妖气的蛇腰媚语
我只会写诗　说真话
和猜想钳子

我害怕钳子
它什么时候能饶我一条小命
什么时候能解放我的诗笔
和正直的语言
使人独尊真理
并挥舞着自由的旗帜

1989.10.5

气　量

你走遍全世界
走不出自己　自己
挡自己的路　只好拐弯
只好多走一倍的路
还是走不出自己　还是要
再拐弯　再再拐弯
弯弯道上走着自己　仿佛
四面出击　又总遇到
十面埋伏　没弯可拐
才开始正视自己
才发现所有的弯道
都构成了自己宽阔的胸怀

1989.10.6

大草地

我已经有好几年
没有想起她了　她在我心一角

蜷缩了几十年之后　慢慢
将身子放平　使我
今天又想起了她
想起她的同时
我又想起了地平线
是一根有着毛茸茸草边的横线
我不知她要捆谁个五花大绑
不知道谁将被她吊上绞架
回忆起那个峥嵘岁月
恐惧缓缓爬来
陷阱睁着诱惑的媚眼
仿佛在等待我的冲动升起
等我长征二万五千里之后
然后拐弯　走向她
走向她张开的翅膀般湿漉漉
又黑漆漆的怀抱　但是
我不想死　真的
我　不　想　死
所以我今天想起她
充满了对记忆的感激　对她
特殊而又普通的印象的深情　她啊
最好不要爱我　不要一次
又一次地使我联想起绳子
使我忘记亲爱的草原
和使我大脑顿时豁亮的气息

1989.10.6

短　句

土沟是最美的风景
有棱有梗　我可以
坐在它们的身上　看
鲜红的太阳照遍全球
也可以欣赏月光
叹　光阴似箭
不饶我风流才子一世红颜

总有看不够的美景
和想不尽的未来
在我指上缠绕轻扬
使土沟更加弥漫沉思的情绪
也使我狗模人样地
以为这是在梨花万朵的太平洋上

土沟是最美的风景

1989.10.6

肖　像

娇娃沉默了
他便随和地闭上了嘴
于是眼睛像鹰一样直视
斯大林格勒横飞的血肉
热血开始沸腾
拥抱的激流在大地回旋

那些森林和房子的颤动
娇娃　那美妇沉静如水
缓缓流向阿尔卑斯火山口
使他目含恶毒之舌
舔着时间老人的胡子

童颜泛着多瑙河黎明的光波
下颌肉威武如火焰跳动
黑森林跃上唇壑之沟
无言　多情娇娃一笑间
有他不尽的人欲
自绝望中诞生

1989.10.8

绘　画

你在我的画布上翻跟头
我看着你被摔得鼻青脸肿
被你感动　你咬着牙
嘴唇上滚动着
风吹草叶的莺声
在夜空静静地滑翔

画家啊
忍不住被我呼唤
你像一张狞厉的脸
使我毛发直立
渴望能阻挡恐惧的进攻

一个世纪以来
我一直在梦里与你搏斗
你在我的画布上
喷射出各色的液体
并且随时任我欣赏
那颗闪烁着异彩的头颅

我说：没什么
你仍在我的画布上翻跟头

于是活水汹涌
我舌底生津

1989.10.8

你等着我

我写诗的时候
你等着我
我在你的等待中组织词句
你在我的忍受中悄悄放松
我就要跳出黎明的子宫
你就要忘记出游的去处
我凝神竭虑地在创造诗的境界
你慢慢随我的笔尖跳动
这时候我写到山风松柏湖水宁静
这时候你因我的真挚而感到激动
我欣赏着我创造的月下枯枝
你被紧张的渴盼弄得很想发疯
于是我准备写出尾句
于是你躺下翻看闲书
我因此而沉静下来
而你正回味着你的等待

1989.10.8

时　间

我坐着　你们坐着
你们坐在另外的一间屋子
我坐在我的屋子　无声
这是时间在同一时刻
于寂静之壑张开的无齿之唇
我　还有你们
被它　吻来吻去

在这个夜里
我只想被人爱抚
只想享受那流岚的微拂
杨柳和湖岸
和长椅上坐着的我

我被吻来吻去
与你们一起被反复回味
我回味你们　你们
回味我　我们一起在空阔的
天地间被时间回味　你们
在说些什么　什么
使你们神采飞扬
是杯中的酒

还是酒中的你们

现在　我们都被时间含在嘴里
我触到了深不可测的海水
你们是否听到鱼翔的风声
这是多么令人神往的
穹庐啊　我
想起了老祖母　你们
是否忘记了过去

1989.10.9

请发表我对房子的一点感觉

我的其他什么感觉
将被发表出来
这我还没有充分的准备
我只是认为
坐在可以浪笑
浇花　同恋侣接吻
甚至打架的房子里
看书写字
望着窗外行人
从容不迫地穿衣服
包括与魔鬼握手

与长夜漫谈
等等　在一个人的床上
想干什么就干什么
对于一个人来说
至关重要

请深切地同情我
就算是一点感觉
也能够给予发表
我相信水和蛋白
必将造就生命
它们定会在你的版面上扎根
在读者的心里发芽
长成黄穗子的玉米
或排排吊眼儿似的小麦

1989.10.15

我从未像今天这样英俊

想起我们的婚礼
我便想到天堂的圣乐　那天
我碰碎了许多音符
许多音符不满我的舞姿
我比少林弟子的拳脚更没规矩

忘形的笑在激光灯下

使大家笑得

浪打着浪

美丽的浪花告诉你

从此我就是你的丈夫了

你说　从此我就是你的妻子了

我的泪水咽进了穹腹

你望着我

我在许多音符的围困之中

冲拳　踢腿　摇着思想

宾朋们说　多好的一对

我听见了　我在那话语之中

默默地望着你

想起了你玉兰花瓣儿的十指

想起了幽幽的芬芳

觉得春天终于来了

终于使我的眼前漫山遍野蜂飞蝶舞

是的　我的春天来了

你带着我的梦

走近我

从未像今天这样英俊

1989.10.15

我看见

我看见你走进了街心花园
低着头　黑发像柳条垂下
覆盖了这所城市
我知道　你为我如此沉痛
像如此沉重的爱情
不能阻拦我奔放的渴望

我的渴望在你的眼里
变成虎齿的凶残
我看见你颤抖着
抚摸着我们的组合家具
眼望着我心爱的写字台
在模糊的瞳中望着我的背影
我的背影像山那样
种植着密林一样的思想
这你深深地知道
深深地知道这一切将呼唤
我的双腿
使我踩响天上的雷火
和地上的闪电
我因此而看见了你
虽然你来信说不要我挂念

但我的挂念仍站在我的渴望身后
咬着嘴唇　一步一回头地
望着你　并离你前行

1989.10.25

风　景

螺口灯　一只W字蝙
忽儿忽儿地扇着
宁静沉着的黑灰色空间
是橘色的嗞嗞声
轻轻咬我

这是一九五九年春天诞生的我
于一九八九年冬天看见的
一九五一年的洗漱间内
最平常
也最动人的风景

1989.10.29

1989 年 11 月 14 日上午王久辛的耳朵

这天　王久辛的耳朵

钻进了一位

名叫郭沫若的诗人

诗人被一位青年讲师的智慧

切成了八块

王久辛啃着其中的一块

品味到一种癫狂的滋味

这滋味

使他切齿地憎恨周围的事物

并深深地渴望弥漫周身

使他的每一条血脉

都鼓荡激情的旋风

灌进王久辛张开了的耳朵

使地火自耳眼的通道呼呼地运行

再进入王久辛的血脉

再逐渐缓慢地流动

流出王久辛仍然张开着的耳朵

将一种芬芳的味道

推进某个朝天的鼻孔

而王久辛本人

却坐在教室第一排的椅子上

一任青年讲师的声音

在他的耳轮中回荡

1989.11.14

殉道者

两只苍蝇
它们在我的背上通奸
过性生活
全不知我是它们的克星
而我的朋友
更是它们的死敌
它们放纵地在我的背上战栗
快活的笑声嗡嘤地哼吟
这使我想起
朋友们的诗句
痛苦地组织队形
为排头兵的挑选夜夜失眠
而这两位爱情的殉道者
自由恣肆几近极致
使所有的翻滚都拒绝平静的等待
律动式的抽搐更像疯狂的列车
任何微微的颤动都像诗一样闪光
任何能够丈量的短暂的飞翔
都具有韵味

颤抖的翅子充满了灵气
绿头眼在仔细的享受中渐渐沉醉
它们不知道我是它们的克星
而我的朋友
就更是它们的死敌

1989.11.14

鲁　迅

一把椅子
一把奇妙的椅子
在他眼前闪烁
他望而生畏

他病入沉疴
他被人抱进那把椅子
那人累得粗气动人
使我想起呼哧呼哧的风箱
并被看不见的火焰舔着脸膛
而他陷落椅中
想站起来
他站不起来

他渴望愤然而去

他希望拂袖而去
他指挥不动自己的身体
无奈地沉进椅中

1989.11.14

音　乐

你永不死
即使在我最烦躁的时候
在讨厌的桌前研究某个问题的时候
你都有可能突然抓住我的衣襟
然后悄然进入我的心房
掀起惊涛裂岸的激情
或吹送风平浪静的碧色忧伤
使我越来越像洁白的鸥群
蘸着想象用翅子描绘大海
诉说白云的故事
和有关鱼的传说

你必在我的想象中回荡
没有翅也没有尾的我
瞬间的迷失构成了自由的搏击
常常就忘了时间
而你永远站在我的想象的尽头

等着我
等着我被感染后懒得说话

1989.11.16

自画像

谁在尖利地呼叫
大雨中　流着鼻涕
痴痴地盯着小水泡的那个男孩

童年的奇思揣到今天
今天　仍然有人呼唤我

告诉你吧
即使再回到童年
即使再活一个三千岁
我也决不会
不是一个小水泡的痴情者

1989.11.17　凌晨两点

致 1959 年的秋风

永远抱着我吧
作为母亲把我交给世界之后
第一位拥抱我的亲人
我不知道你来自何方
不知道你将去向何方
在你的怀抱里我体味着自己
体味着自己所有的回忆

关于我的酒后狂呼
关于我的梦中冲动
你知道不知道
你的每一阵强劲的吹拂
都是我的节日
都是我未曾品尝过的爱情
并将这一切统统交给你
任你拥抱亲吻
任你吹它个一干二净
我的灵魂啊
为何不肯随你而去
为何死守着我的躯壳
使我悲似秋风
既然你不能将我抱上碧空

既然我不能随你而去
那么我将永远猜想你
不知道你愿不愿猜想我
而我的一切
都将在你的怀抱中孕育
并且全部献给你
像挂在你的季节的硕果

1989.11.17　凌晨两点五十分

想起那天

你在水房
替我洗衣裳　后来
哗哗的水声诱惑我
我便走到你的身后

你的身子微微颤抖
抖乱了我的目光
我觉得你头发又细又黄
耳轮的颜色似冰如雪
我盯着那里
觉得有一股热血从那里流来
使我目眩神晕
使我说不出一句话

所以　我就回到了写字台
数年后　你说起那天
你会把唯一的秘密交给我
我听了后
笑着想起那天
想起了空房子里的你和我
我们和平共处
没有发生战争
所以回忆不是在废墟上开始的
而往事也显得十分珍贵

1989.11.20

金灿灿的黄玫瑰自由开放

于是黄玫瑰开在旷野的风中
风摇着花瓣上的阳光
阳光仍然异样的新鲜
异样的新鲜被风吹奏

有一支歌

在沸沸扬扬的川道上弥荡
黄玫瑰的馨香　有一个人
就是我　我的鼻子奇特地尖利

466

刺进了那馨香中的最小的细胞
鲜血自眼球喷放
夕阳如血　起起伏伏
起伏着漫上群山又起伏着漫上平原
平原像一匹骏马跑过的清风
有一股橘红色的声音
射入云空　慢慢荡漾

夕阳如血
使我目不忍睹
使我鼻不敢吸　我被一种
看不见的黄玫瑰的馨香袭击
立即想起许多不曾经历的故事
想起站在明天的路口
等着我的那对眼睛
我在犹豫
夕阳在天边焦急地等待着我
我究竟是盛开呢
还是不盛开

黄玫瑰在我眼前一闪一闪

我如果伸开想象的花瓣
并一任花瓣变幻色彩
爱红的　会说我赤艳
爱紫的　会说我华贵
我就不是黄色的玫瑰了
感情也会随之变幻
在阳光的下面

清风和阳光一起跑来
我的所有的一切
将被吹出悠扬的牧歌
并被阳光的普照声音甘甜

金灿灿的黄玫瑰自由开放

1989.12.26　北京

图书在版编目（CIP）数据

狂雪 / 王久辛著. -- 北京：中国青年出版社，
2025. 3. -- ISBN 978-7-5153-7312-6

Ⅰ．I227

中国国家版本馆CIP数据核字第2024ZH4510号

狂雪

作　　者：王久辛

责任编辑：侯群雄　岳超

封面设计：张帆

出版发行：中国青年出版社

社　　址：北京市东城区东四十二条21号

网　　址：www.cyp.com.cn

编辑中心：010-57350401

营销中心：010-57350370

经　　销：新华书店

印　　刷：北京汇瑞嘉合文化发展有限公司

规　　格：710mm×1000mm　1/16

印　　张：30.75

字　　数：408千字

版　　次：2025年3月北京第1版

印　　次：2025年3月北京第1次印刷

定　　价：88.00元

本图书如有印装质量问题，请凭购书发票与质检部联系调换。联系电话：010-57350337